装幀＝mg-okada
組版＝鈴木さゆみ

緒言

一七八九年に始まるフランス革命は、フランスの歴史において、「人間と市民の権利宣言」を発布し、貴族と聖職者の特権を廃止して、カトリックの王国を世俗的共和国に転換する画期となった重要な事件である。実際に出来事に遭遇した特権階級の人々にとっては、自分が拠って立つ大地がその基盤から崩壊していくような感覚にみまわれた事件であり、またパンを求めて立ち上がりバスティーユ牢獄を襲撃した民衆にとっても、一七九三年一月の国王処刑に続くジャコバン独裁期には、ギロチンに体現される流血の犠牲を引き起こした悲劇的事件であった。高校生のときにアナトール・フランスの『神々は渇く』を読んだことがきっかけでフランス革命の歴史に興味をもったという遅塚《ちづか》忠躬《ただみ》氏の名著『フランス革命』（岩波ジュニア新書）の副題にいう「歴史における劇薬」である。ロベスピエールを首領とするジャコバン山岳派の「恐怖政治」は一七九四年七月の「テルミドールの反動」によって終わるが、恐怖政治はフランス革命史ではもちろん、革命期を扱う文学作品でもつねに、革命をどのように評価するかの試金石として機能し続けた。代表的な作品に、ヴァンデの反乱を舞台にしたヴィクトール・ユゴーの『九十三年』がある。

大革命を直接経験した世代から現代に至るまで、フランスの作家たちは、フランス革命をどのように表象してきたのだろうか。フランス革命のどのような時期、どのような側面にスポットを当て、どのような視点を設定し、どのようなメッセージを読者に伝えようとしてきたのだろうか。

一九八九年の革命二百周年以来、数々のフランス革命に関するシンポジウムや講座を開いてきた日仏会館は、二〇二一年九月二十四日と二十五日に「文学作品に現れたフランス革命」をテーマに、リモートによるシンポジウムを行った。本書はその時の報告と討論をもとにした論集である。

本書では、一七八九年七月十四日のバスティーユ襲撃に始まるフランス革命の時期を実際に生きたスタール夫人とシャトーブリアン、一七九九年、革命のサイクルに終止符を打った「ブリュメール十八日」のクーデタの直後に生まれ、ナポレオン帝政期（一八〇四〜一四）と復古王政期（一八一五〜三〇）に人となったバルザックとヴィクトール・ユゴー、そして一八四四年にフランス革命資料を専門とする古書店の息子として生まれ、ドレフュス事件と第一次大戦のあいだの一九一二年に「恐怖政治」を扱った小説を出版したアナトール・フランス、フランスより一回り下の世代だが、ドレフュス事件から両大戦間の人民戦線期にかけて『七月十四日』から『ロベスピエール』まで「革命劇」連作八篇を書いたロマン・ロラン、そして私たちと同時代の作家シャンタル・トマが、マリー＝アントワネットを主人公にバスティーユ陥落から三日間のヴェルサイユ最後の日々を回想した小説を取り上げる。

フランス革命は「自由・平等・友愛」を標語にするフランス共和国の出発点であり、革命をどう記述するかはフランスのナショナル・アイデンティティ構築の鍵を握るだけに、ジュール・ミシュレによる『フランス革命史』（一八四七－五三）から今日に至るまで、歴史家による革命史は枚挙にいとまがない。一八七〇年、第二帝政の崩壊後成立した第三共和政は、みずからの正当性の根拠をフランス革命に求め、革命百周年を控えた一八八五年にソルボンヌにフランス革命史講座（のちのフランス革命史研究所）を開設する。ちなみに一八八五年は、ユゴーの国葬が営まれ、その棺がヴォルテールとルソーをはじめ共和国の偉人を祀るパンテオンに移送された年である。二十世紀に入り、歴史資料にもとづく実証的な革命史研究が進むにつれ、科学としての歴史とフィクションとしての歴史小説は分離する傾向にあり、現代においてはユゴーの『九十三年』やアナトール・フランスの『神々は渇く』に匹敵する歴史小説は書きにくくなっているように思われる。また、無声映画の記念碑的傑作とされるアベル・ガンスの『ナポレオン』（一九二七）以来、映像技術が飛躍的に発達し、ロマン・ロランの戯曲『ダントン』（一九〇一）は忘れられ、アンジェ・ワイダの映画『ダントン』（一九八三）が脚光を浴びるような表象芸術の変化も見逃せない。

しかし、ユゴーの『レ・ミゼラブル』がミュージカルになっても映画化されても、原作は圧倒的生命力を失っていない。活字文化にこだわる私たちは、革命史の専門家ではないが、フランス革命を主題として取り上げた七人の作家の文学作品を通して、それぞれの世代にとってのフランス革命、ひいては現代の人間社会にとってのフランス革命を考える機会にしたいと思い、本書を編んだ。なかには未訳あるいは翻訳中の作品もあり、現代では読まれなくなった作品もあるが、読書の手引きにしたいという思いもある。

本書で取り上げる七人の作家を世代順に並べ、担当する執筆者の後に作家名と作品タイトルを刊行年とともに挙げておく。

・村田京子　スタール夫人『デルフィーヌ』（一八〇二）と『コリンヌ』（一八〇七）
・小野潮　シャトーブリアン『墓の彼方からの回想』（一八四九－五〇）
・柏木隆雄　バルザック『暗黒事件』（一八四三）
・西永良成　ヴィクトール・ユゴー『九十三年』（一八七四）
・三浦信孝　アナトール・フランス『神々は渇く』（一九一二）
・エリック・アヴォカ　ロマン・ロラン『フランス革命劇』連作（一八九八－一九三九）
・関谷一彦　シャンタル・トマ『王妃に別れをつげて』（二〇〇二）

二〇二一年九月のシンポジウム初日はエリック・アヴォカの単独講演会で、二日目に残り六名が登壇した。登壇といってもリモートである。アヴォカ講演は初めに二日目に報告される六人の作家と作品をフランス革命の文学表象の歴史として概観したあと、ロマン・ロランの『革命劇』について詳しく分析した。本書では初めのイントロダクション部分を切り離して独立の論考とし、終章に付録として載せることにした。

個々の作家プロフィールと作品の梗概は、それぞれの章の初めにあるので、ここでの紹介は省略し、直ちに本論に入っていただければと思う。どの章から読んでいただいても自由である。

なお、『作家たちのフランス革命』の企画意図と内容を紹介する座談会の記録が雑誌『ふらんす』の二〇二二年七月号に掲載されている。〈ｗｅｂふらんす〉にもアップされているので、併せてご覧いただければ幸いである。

また、本書に先立ってフランス革命に関する日仏会館文化講座を書籍化したものに次の二書がある。

山崎耕一・松浦義弘編『フランス革命史の現在』（山川出版社、二〇一三）

三浦信孝・福井憲彦編『フランス革命と明治維新』（白水社、二〇一八）

最後に、本書には「あとがき」をつけないので、緒言を終えるにあたり、企画を取り上げていただき、すぐれた編集センスと力量をもって本にしてくれた竹園公一朗氏と鈴木美登里さんに衷心より感謝の気持ちを表したい。

二〇二二年五月

編者　三浦信孝

第一章

スタール夫人はなぜ、ナポレオンの怒りを買ったのか

――スタール夫人『デルフィーヌ』『コリンヌ』

村田京子

スタール夫人 Germaine de Staël（一七六六－一八一七）ルイ十六世の財務総監ネッケルの娘で自由主義の信奉者。スウェーデン大使スタール男爵と結婚。パリでサロンを開き、政治的影響力を発揮する。『デルフィーヌ』がナポレオンの怒りを買い国外追放になる。『コリンヌ』の成功で一躍有名になるが、ナポレオンから危険視され『ドイツ論』は断裁処分となる。ナポレオンのロシア遠征の最中、ロシア経由でイギリスに亡命。王政復古期にパリに戻り、三年後に死去。

『デルフィーヌ』*Delphine*（一八〇二）一七九〇年四月から一七九二年十月までのパリのサロンを主要舞台とした書簡体小説。進歩的な貴族デルフィーヌと、保守的な貴族レオンスとの悲恋物語。旧弊なパリの貴族社会で自由に振舞うデルフィーヌは世論の糾弾の的になるが、恋人のレオンスは彼女を熱愛しながらも「名誉」という貴族的価値観を重んじるあまり、世論に立ち向かうことができない。最後に彼は亡命軍に加わろうとして革命軍に捕まり、銃殺される。デルフィーヌも毒を飲んで死ぬ。作中では離婚の擁護、カトリック批判がなされている。

『コリンヌ』*Corinne ou l'Italie*（一八〇七）イタリアで即興詩人として天分を発揮し、自由に生きるコリンヌと、イギリスの保守的な道徳観を持つスコットランド貴族オズワルドとの恋愛物語。他国の支配下にあるイタリアに何の魅力も感じていなかったオズワルドが、コリンヌに導かれてイタリア各地を巡り、イタリアの美しさに開眼していく。彼は才気煥発なコリンヌと、彼女の異母妹で慎み深く従順なルシールとの間で揺れ動くが、最終的にはルシールを結婚相手に選び、彼に捨てられたコリンヌは衰弱死する。物語が展開する時期はナポレオンのイタリア遠征と重なるが、スタール夫人はナポレオンへの言及を巧みに避け、密かにナポレオン批判を行っている。

はじめに

スタール夫人は、十八世紀のアンシャン・レジーム期のフランスに生まれ、ルイ十六世の財務総監ネッケルの娘として政治の最前線でフランス革命を体験し、革命末期に台頭してきたナポレオン・ボナパルトと対立して国外追放されるなど、激動の時代を生きた作家である。彼女は一七九三年にマリー＝アントワネットを擁護する『王妃裁判についての省察』を出版して以来、政治に関する様々な論考を発表し、革命後も『フランス革命の主要事件に関する考察』（以下、『フランス革命に関する考察』）を執筆するなど、政治的発信を行ってきた。小説に関しても、彼女の代表作『コリンヌまたはイタリア』（以下、『コリンヌ』）は、ナポレオンによって国外追放されていた時期に執筆された作品で、彼女が国外追放の憂き目にあったのも、まさに前作『デルフィーヌ』がナポレオンの怒りを買ったためである。

したがって、本章では『デルフィーヌ』『コリンヌ』を通して、スタール夫人における革命観を検証すると同時に、これらの著作によって、彼女がなぜナポレオンの怒りを買ったのか、考察していきたい。作品分析に入る前にまず、スタール夫人自身の革命との関わりに簡単に触れることにしよう。

ネッケルの娘

ジェルメーヌ・ド・スタール（本名アンヌ＝ルイーズ＝ジェルメーヌ・ネッケル）は、一七六六年四月二十二日にパリで生まれた。父は銀行家のジャック・ネッケル、母はシュザンヌ・キュルショで、両親ともスイス出身のプロテスタントであった。シュザンヌは一七六四年にネッケルと結婚するとパリでサロンを開き、彼女のサロンにはディドロ、ダランベール、グリムなど百科全書派や、博物学者のビュフォン、劇作家のボーマルシェ、作家のベルナルダン・ド・サン＝ピエールなどが集った。ジェルメーヌは母親から英才教育（英語・ギリシア語・ラテン語・数学・歴史・地理・神学など）を受け、さらに九歳の頃から母親のサロンに出入りして、その才気煥発な受け答えでサロンの人々を驚かせた。

一七八六年一月十四日に、十七歳年上のスウェーデン大使エリック＝マグナス・ド・スタール男爵と結婚し、ヴェルサイユ宮廷にも出仕している。彼女は、パリ左岸バック通りのスウェーデン大使館でサロンを開き、タレーラン、ラファイエットなど政治家たちと親しく交流した。一七八九年五月五日に三部会が開催された折には、彼女はスウェーデン大使夫人として開会式（図1）に参加している。開会式前日には、議員たちがミサに列席するために教会まで列をなしたが、そ

図1 オーギュスト・クーデル《三部会の開会式、1789年5月5日》(1839)：演説をしているのがネッケル、左奥にルイ16世とマリー＝アントワネット。左手前が第一身分（僧侶階級）の席、右手前が第三身分の席。後部席で立っているのが左からミラボー、シィエス。右奥が第二身分（貴族階級）の席。前列2人目がラファイエット。

れを目撃したスタール夫人は、すでに輝きを失った特権階級とは対照的に、第三身分の代表者たちが「黒ずくめの服」「落ち着いた眼差し」「圧倒的な数」で人々の注意を惹きつけ、その中でもミラボーが異彩を放っていたと、『フランス革命に関する考察』の中で記している。今後、彼女は歴史の証言者として、革命に立ち会うことになる。

一方、父のネッケルは一七七七年にルイ十六世の財務総監となり、一七八一年には『国王への財政報告書』を発表して国民の人気を博す。しかし、同年五月に宮廷の保守派と対立して辞職を余儀なくされる。その後、一七八八年に再び財務総監に復帰するが、改革派の彼は一七八九年七月十一日に罷免される。その直後に起きたのが七月十四日のパリの民衆によるバスティーユ監獄の襲撃で、民衆に人気のあったネッケルは国王に呼び戻され、七月三十日にパリに帰還する。彼に付き添ってパリに戻ったスタール夫人は、熱狂した民衆の歓呼の声に包まれる父親の栄光の瞬間に立ち会っている。彼女は、次のように描いている。

パリの住民全てが群れをなして路上にひしめいていた。窓辺や屋根の上にも男や女たちがいて「ネッケル氏万歳！」と叫んでいた。彼が市庁舎近くに来ると歓呼の声はひときわ高まった。広場は同じ感情に駆られた大勢の人々で一杯になり、ただ一人の人物に向かって一斉に突進してきた。その人物こそ、私の父であった。［…］ネッケル氏が「和解」という言葉を発した時、その言葉は全ての人々の心に鳴り響いた。広場に集まっていた人々は、即座にそれに唱和しようとしていた。そこでネッケル氏はバルコニーの方に進み出て、あらゆる党派のフランス人たちの間に平和をもたらす聖なる言葉を大声で宣言した。群衆全体が熱狂してそれに応えた。この瞬間、私は何も見えなくなった。というのもあまりの喜びのあまり失神していたのだ。

この場面は、スタール夫人自身が「私の人生の栄光の最後の日」と述べて、父の栄光を我が物としているように、(1)ネッケルは彼女が最も崇拝する政治家であり、理想の男性(2)でもあった。彼はイギリスを模範とする立憲君主制を唱え、スタール夫人も父の思想を引き継いでいる。

スタール夫人の政治的影響

スタール夫人は、『フランス革命に関する考察』における「憲法制定議会当時のパリのソシエテ[3]とは、いかなるものであったか」というタイトルの章の中で、一七八八年から一七九一年末までのソシエテほど輝かしかったものはないと述べ、そこには「人類という大義のために個人の利益を犠牲にした」少数の貴族たちと、「教養と才能において抜きんでた第三身分の男たち」が集い、政治の諸問題について互いに耳を傾け、議論したと語っている。こうした集まりを主宰したのが女性たちで、フランスの女性は「自分の家ではほとんど全ての会話の主導権を握り」、「語る技法」を身につけ利害や感情、考え方の違う者を和解させる調整役を務めていた。スタール夫人の場合はさらに、「自らが議論に参入し、自分の主張を論証し擁護する」[4]こともしばしばであった。彼女のサロンにはシィエス、モンモランシー、ラファイエットなど穏健な立憲王党派が集まり、一七九一年に制定された憲法は、彼女のサロンで構想が練られたとされている。

しかし、一七九一年六月の国王一家のヴァレンヌ逃亡事件の後、政情は悪化していく。一七九二年四月二十日には立法議会がオーストリアに対して宣戦決議を行い、さらに同年七月二十五日のプロイセン軍司令官ブラウンシュヴァイクの宣言［パリ市民が国王に危害を加えれば、パリ市の全面破壊も辞さないという威嚇］が伝わると、パリの民衆は激怒して八月十日にチュイルリー宮殿を襲撃した。その結果、国王一家はタンプル塔に幽閉され、九月二十一日に王政が廃止される。それは、スタール夫人の立憲君主制への夢が断たれたことを意味していた。

九月二日にプロイセン軍によるヴェルダン陥落が伝えられると、パリのサン・キュロットたちが義勇兵となって戦いの前線に向けて出発していく。こうした興奮の中で、アベイ、カルムなどの監獄で反革命容疑者が民衆によって虐殺される事件が起こる。スタール夫人は、それ以前からナルボンヌなど命の危険に晒された貴族たちをイギリスに亡命させるために奔走してきた。彼女自身も「九月の虐殺」の騒動の中、パリからの脱出を企てる。その途中で群衆に捕まり、市庁舎まで連行されるが危うく難を逃れ、父のいるスイスに辿り着くことができた。それ以降、一七九四年七月のテルミドールのクーデタで恐怖政治が終焉するまで、フランスに戻ることはなかった。

一七九五年五月二十六日に、スタール夫人はバンジャマン・コンスタンを伴ってパリに戻り、サロンを再び開く。彼女は『国内平和についての省察』において「現在の状況では、自由を守りたいと思うならば、共和国を受け入れねばならない」と記し、さらに共和主義を信奉する旨の新聞記事を発表した。彼女のサロンは「黄金のサロン」と呼ばれ、そこにはバラスなど国民公会の議員、ジャコバン派の生き残り、共和派、王党派貴族、外交官といった様々な政治的信条の人々が集まった。彼女はタレーランほか亡命者リストに載った人々のリストからの抹消、フランスへの帰国を可能にするよう政府に働きかけるなど、これまで以上に大きな政治的影響力を発揮した。

しかし、十月五日に王党派によるヴァンデミエールの蜂起（ナポレオンが鎮圧）が起こると、彼女は蜂起に加担したとみなされ、十月十五日に公安委員会から国外追放令を受ける。彼女は十二月二十日にコンスタンとスイスに向かい、一七九六年末までスイスに滞在することになる。スタール夫人は総裁政府に危険な存在とみなされ、一七九六年四月には公安委員会から、彼女が国境を越えたら逮捕するよう命令が下っている。

ナポレオンとの関係

スタール夫人が正式にフランスに戻ることができたのは、一七九七年五月になってからで、執政官バラスの仲介のおかげであった。彼女のサロンには再び穏健な共和派や立憲王党派が集まり、政治的拠点になる。この間、ナポレオンが対外戦争で実力を発揮し、イタリア遠征では一七九六年五月にミラノを制圧するなど華々しい戦績を挙げていた。スタール夫人は当初、ナポレオンを穏健派の勝利に導き、革命の理想を叶えてくれる人物とみなして大きな期待を抱いていた。しかし、まもなく彼の専制主義的な考えに触れて、失望することになる。

一七九七年七月に外務大臣となったタレーランの屋敷で、同年十二月六日、彼女は初めて将軍ボナパルトと対面する。その時、二人が交わした会話については、ラス・カーズが『セント＝ヘレナ覚書』で紹介しているエピソードがあまりに有名である。すなわち、スタール夫人がナポレオンに、彼にとって最高の女性は誰かと尋ねると、彼は「子どもを一番たくさん産む女性です」(5)と答えたという。彼は、スタール夫人のように女性が政治に口出すことを一番嫌っていた。

ナポレオンは、一七九九年十一月九日の「ブリュメール十八日のクーデタ」で権力を掌握し、十二月に新憲法が制定されて執政政府が成立すると、第一執政の地位に就く。スタール夫人と活動を共にしてきたコンスタンが護民院の議員に選出されるが、翌年一月の護民院での彼の演説〔護民院に法案を審議する十分な時間が与えられず、それは法の執行者＝第一執政の権力乱用に繋がると批判〕がナポレオンの怒りを買う。彼は、スタール夫人がコンスタンを煽動したと考え、それ以降、彼女は政府寄りの新聞から激しい攻撃を受けるようになる。その上、父親のネッケルが一八〇二年八月に出版した『政治と財政に関する最終見解』の中で、第一執政を批判したため、スタール夫人はさらにナポレオンの不興を招く。こうした状況の中で、同年十二月に出版されたのが『デルフィーヌ』であった。

Ⅱ 『デルフィーヌ』(一八〇二)

進歩的な貴族階級と保守的な貴族階級

『デルフィーヌ』は、一七九〇年四月二十日から一七九二年十月までのパリのサロンを主要舞台とした書簡体小説である。主人公のデルフィーヌは、両親を幼くして亡くし、後見人ダルベマール氏から男性と同等の高い教育を授けられる。彼女は啓蒙思想にも造詣が深く、社会的偏見に惑わされず、自分の良心に従って行動する自立した女性として登場する。一方、彼女の恋人レオンス・ド・モンドヴィルは、社会の変化の必要性を感じながらも、自分の育った貴族階級の政治的・社会的伝統に囚われた人物である。彼は「名誉」という貴族的価値観を重んじるあまり、周りの人々の噂や中傷に傷つきやすく、世論を極端に恐れていた。

物語は、デルフィーヌに莫大な財産を残すために彼女と名目上の結婚をするほど彼女を守ってきたダルベマール氏の死後、デルフィーヌが二十一歳の若さで単身、陰謀に満ちたパリの社交界に入るところから始まる。啓蒙思想に培われた彼女は、革命に好意的でサロンでも自由に振舞うが、それが原因となって世論に糾弾され、最後は死に追いやられる悲劇となっている。恋人のレオンスはデルフィーヌを熱愛しながらも、旧弊な偏見に囚われて世論に立ち向かうことができず、彼女を幸せにすることができなかった。革命は彼にとって「父殺し」を意味し、一七九二年八月十日のチュイルリー宮殿の襲撃、「九月の虐殺」の知らせを受けると、彼は亡命貴族たちの軍隊に入って革命軍と戦おうとする。まさに「デルフィーヌとレオンスは革命初期の貴族階級を分ける二つの潮流を象徴し」、「彼らの悲劇はその違いから生じた」ものであった(6)。言い換えれば、デルフィーヌはリベラルで進歩的な貴族階級、レオンスはアンシャン・レジームの価値観に固執する保守的な貴族階級を体現していた。

デルフィーヌと同様に進歩的な貴族階級に属するのがアンリ・ド・ルバンセで、彼はイギリスで教育を受けた南仏出身のプロテスタントであった。ルバンセは「革命の信奉者」として憲法制定議会の議員とも親しく、政府に働きかけて窮地に陥った貴族を助けるなど、政治的影響力を擁していた。さらに彼は、オランダ人の夫と離婚したエリーズと躊躇なく結婚し、離婚女性に対するパリの旧弊な貴族社会の非難にも無頓着であった。ルバンセはレオンスとは異なり、「世論に立ち向かうことのできた」理想の男性であった。

離婚擁護とカトリック批判

ルバンセは一七九一年九月二日付けのデルフィーヌ宛ての手紙の中で、レオンスとの愛を成就させるために、離婚という手段を取るよう彼女に勧めている。というのも、ヴェルノン夫人の策略によって、レオンスが彼女の娘マチルドと愛のない結婚をしたことが二人の不幸の原因であり、ちょうどこの時期に憲法制定議会で離婚法案が審議されていたからだ。[7] 彼は、離婚を認めているイギリスを「道徳的かつ宗教的で、自由な国」と呼んで称揚した後、カトリックとプロテスタントを比較している。

> カトリックは婚姻の解消不可能性を正式に認めた唯一の宗教です。それは、この宗教の精神に基づき、様々な形で人間に苦痛を課すことが、道徳的・宗教的改善のために有効な手段とみなされているからでありましょう。
>
> 信徒が自らに課す苦行や、野蛮な時代に異端審問所が命じた拷問に至るまで、この宗教が人間を美徳に向かわせるために用いる手段は全てが苦痛と恐怖に満ちています。神の摂理によって導かれた自然は、全く正反対の道を辿ります。それは最も穏やかな性向や魅力によっ

てあらゆる善なるもの、あらゆる良きものへと人間を導くのです。

プロテスタント信仰は、カトリック教よりもはるかに福音書の純粋な精神に近く、人々の心を怯えさせたり服従させたりするために苦痛を利用することはありません。その結果、イギリス、オランダ、スイス、アメリカのようなプロテスタントの国では習俗はより純粋で、犯罪はそれほど残酷ではなく、法律はより人間的です。それに対してスペイン、イタリアなどカトリックの教義が圧倒的な力を持つ国では、政治制度や私的な風俗に宗教の誤謬が感じられます。こうした宗教は束縛や苦痛を、人間を向上させるのに最適な手段とみなしているのです。（強調は筆者）

このように、ルバンセは「束縛」や「苦痛」「恐怖」を人々に与えるカトリックに対して、プロテスタントの寛容な精神を対峙させている。彼はとりわけ、カトリック教における「婚姻の解消不可能性」を批判し、「不釣り合いな結婚の解消不可能性は老年期に希望のない不幸をもたらす」とも言っている。実際、この小説では意に染まない政略結婚の犠牲となった女性が多く登場する。ルバンセの妻となるエリーズは、最初の夫の暴虐な振舞いに苦しめられた女性であり、デルフィーヌが自宅に匿《かくま》うテレーズも同様である。さらに、策略と陰謀によって主人公二人の愛を引き裂くヴェルノン夫人でさえ、男性優位の不平等な社会の犠牲者であった。[8] スタール夫人にとって、こうした「不幸な結婚をした女性たち」を救う唯一の手段が離婚であった。

デルフィーヌが後に、スイスの修道院で無理やり修道誓願をさせられた時もルバンセは、強制された誓願は破棄することができると彼女に教える。そして、すでに一七九〇年二月に修道誓願が廃止されていたフランスに戻って、レオンス［妻のマチルドは出産後、死亡］と一緒に暮らすよう勧めている。しかも彼は「想像力の作り出したあらゆる妄想の中で、終生にわたる修道誓願は最も恐ろしく、最も信じがたい」ものだと述べ、修道誓願を「我々の将来を完全に隷属化するもの」と呼んで激しく批判している。

この小説では、カトリックの宗教儀式はデルフィーヌの修道誓願に限らず、レオンスとマチルドの結婚式、ヴェルノン夫人の臨終の場面［狂信的な娘のマチルドが母親の意に反して、カトリックの終油の秘蹟を強制する］、テレーズの修道誓願式［デルフィーヌとレオンスに錯乱状態を引き起こす原因となる］など全てが人間性を欠き、主人公に不幸をもたらす不吉な儀式として描かれている。それに対してプロテスタントの儀式は、セルレブ夫人の娘の初聖体拝領式のように、平和で穏やかな気持ちを喚起させ、「宗教的で心にしみる印象」をもたらすものであった。

スタール夫人の革命観

ルバンセはレオンスに宛てた手紙の中で、革命に関する自らの考えを明らかにしている。

不幸にも多くのテロ行為によって汚されたこの革命は、将来、革命がフランスに与える自由の尺度によって評価されることになるでしょう。革命から様々な形の隷属しか生まれなければ、それは最も恥ずべき時代とされるでしょう。しかし、もしそこから自由が生じるならば、そして幸福・栄光・美徳といった人類において自由と密接に結びついた全ての気高いものがそこから生じるならば、歴史はいつでも、自由をもたらした出来事を何と大目に見てきたことでしょう！

このように、ルバンセは革命の目的として「自由」の獲得を一番に掲げている。それは、作者自身の考えを代弁していた。スタール夫人の著作を特徴づける言葉は「自由」であり、彼女は「国家においても個人においても政治・社会・宗教・文学などあらゆる領域での思想の自由、書く自由、判断の自由」[9]を重視し、「自由」を進歩の原動力と考えていた。

ルバンセが一七九二年二月十八日付けの手紙の中で、レオンスが貴族としての面目を保つために亡命しようとしていることに反対したのも、作者の考えに基づいている。スタール夫人は『フランス革命に関する考察』の「亡命について」というタイトルの章で、「自発的な亡命」と「強いられた亡命」を区別している。前者は一七八九年から一七九二年八月十日のチュイルリー宮殿の襲撃、または「九月の虐殺」までに亡命した貴族たち、後者はそれ以降、命の危険に晒されてやむなく亡命した貴族たちを指している。前者は外国の軍隊の助けを借りて反革命運動を展開し、フランス国民の命を脅かす存在として、スタール夫人は否定的に見ていた。まさにそれが、レオンスの亡命に反対するルバンセの理由である。ルバンセは言わば、作者の代弁者であった。主人公二人の死で終わるこの物語で彼のみが生き残っているのは、作者が抱く革命の理想を体現していたからであろう。

ナポレオンの政策との対立

スタール夫人は小説の序文の中で「私はこれらの手紙から物語の筋道が許す限り、この時期の政治的出来事に関連しそうなものは全て削除するよう気を配った」と述べている。確かに、この書簡体小説では、パリのサロンでの人間関係や主人公二人の恋愛が軸となっていて、レオンスが革命軍に捕まって銃殺される最後の場面を除いては、政治的出来事が物語の展開を左右することは殆どない。しかし、これまで見てきたルバンセの主張は、この小説が出版された時期のナポレオンの政策に真っ向から対立するものであった。

まず、ルバンセのカトリック批判は、一八〇一年七月十六日に法王庁と結んだコンコルダート（政教条約）によって、カトリック教を再び国家の宗教にしようとするナポレオンの意図に反していた。離婚の正当化も、当時、離婚の禁止を考えていたナポレオンの怒りを買う要因となる。とりわけ「自由」を擁護するルバンセの言説は、一八〇〇年一月十七日にナポレオンがパリにおける新聞・雑誌七十三紙のうち、反体制的な六十紙を発行禁止にして言論統制を行ったことへの暗黙の批判となる。亡命に関する考えも、全ての亡命貴族にフランスへの帰国を促すナポレオンの政策に抵触していた。そして、スタール夫人が序文の最後で、この本を「沈黙した、しかし賢明なるフランス」に捧げているのは、言論の自由を奪われた反体制側への目配せであり、自らに対する挑発だとナポレオンが受けとっても不思議ではない。したがって『デルフィーヌ』は反体制的とみなされ、スタール夫人は一八〇三年二月十日に、ナポレオンからパリに入ることを禁じられ、十月十五日には国外追放令が下る。

失意のスタール夫人は、一八〇三年十月二十三日にコンスタンとドイツに向けて出発し、一八〇四年四月までドイツに滞在する。ヴァイマールでは、ゲーテやシラーなど著名な作家たちと交流し、ドイツ文学に深い関心を抱くようになる。その上、次の小説『コリンヌ』の構想を得たのもヴァイマール劇場においてであった。[10] 彼女は物語の舞台をイタリアに定め、一八〇四年十二月から翌年六月にかけてイタリア各地を巡り、克明なメモを取った。それに基づいて書いたのが『コリンヌ』である。

Ⅲ 『コリンヌまたはイタリア』(一八〇七)

物語の時代背景

『コリンヌ』は、イタリアで即興詩人として天分を発揮し、自由に生きるコリンヌと、イギリスの保守的な道徳観を持つスコットランド貴族オズワルド・ネルヴィル卿との恋愛物語である。[11]

オズワルドは才気煥発なコリンヌと、彼女の異母妹で慎み深く従順なルシールとの間で揺れ動くが、最終的にはルシールを結婚相手に選び、彼に捨てられたコリンヌは衰弱死する悲劇となっている。物語冒頭では、秩序と規律を重んじる独立国家イギリスから来たオズワルドにとって、何世紀にもわたって他国の支配下にあるイタリアは退廃の極みであり、何の魅力も持っていなかったのが、コリンヌによって次第に想像力を掻き立てられ、イタリアの美しさに開眼していく過程が描かれている。それゆえ、この小説はオズワルドが「美しきイタリア」の象徴と呼ばれるコリンヌに導かれて、ローマからナポリ、ヴェネツィア、フィレンツェを訪れる旅物語となっている。

物語が展開される主な時期は、オズワルドがコリンヌに出会う一七九四年から、コリンヌが死ぬ一八〇四年一月までの約九年間に設定されている。この時期はすでに触れたように、ナポレオンのイタリア遠征の時期に重なる。一七九六年五月にミラノがナポレオンによって制圧され、ロンバルディア共和国が建設される。同年十月にはオーストリアとフランスとの間でカンポ・フォルミオの講和条約が結ばれ、ロンバルディア、教皇領の一部がフランス領になる。さらに一七九七年二月十九日にナポレオンは、教皇ピウス六世とトレンティーノ講和条約を締結する。一七九九年にはフランス軍がローマおよびフィレンツェを占領している。それゆえ、この時期のイタリアを舞台にした『コリンヌ』において、ナポレオンがフランス軍、とりわけ彼自身が成し遂げた功績に言及すべきだと考えても当然であろう。

スタール夫人の親しい友人シスモンディによれば、「もし彼女が『コリンヌ』の中に、［ナポレオンへの」賛辞やお世辞を少し入れたいと思うならば、障害は全て取り払われ、彼女の望みは全て叶うだろうと警察大臣［フーシェ］が伝えてきた」という。彼女は当時、父親のネッケルがルイ十六世時代に国庫に貸しつけた二〇〇万リーヴルの返却と、彼女自身の国外追放令の解除をナポレオンに何度も懇願していた。しかし、作家をプロパガンダの装置とみなすナポレオンの要望に、彼女は決して応じることはなかった。

では、ナポレオンの要求を回避するために『コリンヌ』の作者はどのような方策を取ったのであろうか。それは、作中で二人の主人公がイタリア各地を巡る時期を一七九四年十二月から翌年十一月までの約一年間――ナポレオンのイタリア遠征より前の時期――に限ることであった。それによって、イタリアにおけるナポレオンおよびフランス軍の存在を消すことができた。ルチア・オマキーニは『デルフィーヌ』に関して、物語の時代設定（一七九〇～一七九二）と執筆時期（一八〇〇～一八〇二）のタイムラグをスタール夫人がうまく利用して、「アンシャン・レジームを体現する圧政的なサロンの分析を、第一執政の独裁政治への告発に変えた」[12]と指摘している。『コリンヌ』でも同様のタイムラグを利用して、ナポレオン批判を密かに展開している。具体的にどのようなものか、見ていきたい。

密かなナポレオン批判

コリンヌが物語に初めて登場するのは、天才的な即興詩人として、ローマのカピトリーノの丘で元老院から桂冠を授けられる儀式の場面においてである。ローマ中の熱狂した人々が彼女を待ち構える様子が次のように描かれている。

とうとうコリンヌの車をひく四頭の白馬が群衆の中に現れた。コリンヌは古代風の車の上に座り、白衣の少女たちがその横を歩いていた。彼女が通る至る所で空中に香水がふんだんに振りまかれていた。窓は彼女を一目見ようとそれぞれ窓に身を乗り出し、窓の外側は花鉢と緋色の絨毯で飾られていた。皆が叫んでいた。「コリンヌ万歳！」「天才万歳！」「美女万歳！」

こうした熱狂的な雰囲気の中で「ドメニキーノのシビュラ」（図2）のように装ったコリンヌが華々しく登場する。シビュラは神から霊感を授けられ、予言能力を持つとされる古代の女性で、「太陽の熱と美の神。ひいては美術と音楽と詩歌の神」[13]であるアポロンの巫女である。絵画・音楽・演劇・舞踏とすべての芸術に秀で、霊感に衝き動かされて即興詩を作るコリンヌが、イタリアの輝く太陽の光の下、誇らかに進んでいく姿はシビュラそのものであった。

この古代の二輪馬車に乗ったコリンヌの勝ち誇った姿に、作者が密かに込めた政治的な意味合いを読み取ることができる。というのも、ナポレオンは古代ローマの英雄のイメージで語られることがしばしばであったからだ。一八〇二年にイギリス政府とアミアンの講和条約を締結したボナパルトは、平和をもたらした共和国の英雄として讃えられていた。プリュードンの《ボナパル

図3 ピエール＝ポール・プリュードン《ボナパルトの勝利と平和》(1803)

図2 ドメニキーノ《クマエのシビュラ》(1613-14)

トの勝利と平和》(**図3**) がそれを如実に物語っている。四頭立ての古代の二輪馬車の中央に立っているのがナポレオンで、勝利を表す月桂樹の冠を被り、古代風の衣装を纏っている。その左横には豊饒の角と果物を手にする「平和の女神」が並び、右横で手綱を取り、翼があるのが「勝利の女神」である。

彫刻家のカノーヴァがナポレオンの注文で作製した彫像《甲冑を脱ぎ、平和をもたらすマルス［ローマ神話の軍神］としてのナポレオン》(**図4**) では、ナポレオンは杖の先に鷲を頂く王杖を左手に握り、右手には「勝利の女神」が君臨する天球を載せている。平和を象徴するかのように、彼の剣は足元の木の幹に立てかけられたままだ。この理想化されたナポレオンの裸体像は、初代ローマ皇帝アウグストゥス像(**図5**)に倣ったものだ。実際、ヴァグラムの戦い［一八〇九年のオーストリア軍との戦いで、ナポレオンが勝利した］の後、フランス学士院が彼にアウグストゥスの称号を授与することを申し出たという。[14] ナポレオン自身、パリを「新たなローマ」にすべく、古代ローマに倣ってカルーゼルの凱旋門、ヴァンドームの円柱を建設する。彼は最盛期のローマ皇帝のように、絶大な権力の掌握を目指していた。

一方、スタール夫人は、シャトーブリアンがナポレオンを残虐な皇帝ネロに喩え、「ネロが栄えても無駄なこと」[15]と批判したように、ナポレオンをネロと同一視している。『コリンヌ』にはネロを弾劾する箇所が幾つも見出せるが、その一例として、ミゼーノ岬でコリンヌが作った即興詩の一節を挙げておこう。

> アグリッピーナの墓はカプリ島の対岸のあの海辺にあります。その墓はネロの死後にやっと建てられました。母親殺しは母の遺灰まで追放したのです。彼はバイアエに、大罪を犯したその土地で長い間住んでいました。偶然は私たちの眼下に何という怪物を集めたことでしょう！　ティベリウスとネロが向かい合っているのです。（強調は筆者）

スタール夫人は、「フランス革命の申し子」とみなされたナポレオンが革命精神を踏みにじって皇帝になり、母なる祖国を裏切ったとして、ネロの「母親殺し」に重ね合わせている。また、ナポレオンによって祖国フランスを追われたスタール夫人自身の気持ちが反映されているようにも思える。こうした観点から見れば、カピトリーノの丘の場面で、プリュードンの絵のナポレオンを彷彿とさせる形で女主人公が登場しているのは、彼女がナポレオンと同等に、またはナポレオンに代わって勝利の冠を授けられるためであったと言えよう。
コリンヌの戴冠式に立ち会ったオズワルドは、次のような感想を抱いている。

> 彼は自国において、しばしば政治家たちが民衆に肩車されて祝福されるのを見たことがあった。しかし、女性に、天賦の才能だけで有名になった女性に敬意が表されるのを見るのは初めてであった。しかも、彼女の勝利の戦車は誰にも悲しみの涙を流させることはなかった。
>
> （強調は筆者）

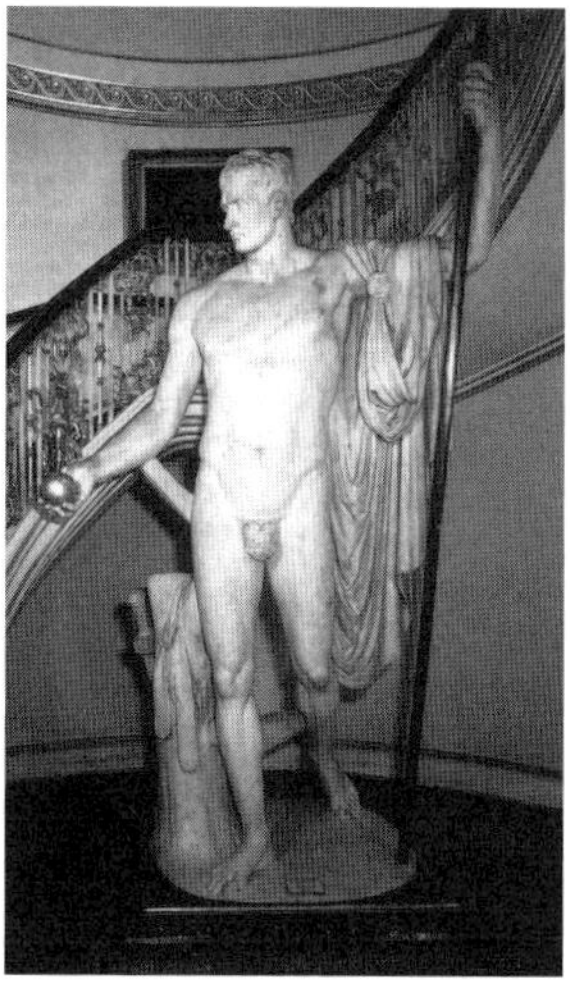
図4 アントニオ・カノーヴァ《甲冑を脱ぎ、平和をもたらすマルスとしてのナポレオン》(1802-06)

図5 初代ローマ皇帝アウグストゥス像［パクス・ロマーナ（ローマの平和）をもたらした皇帝として有名］

図6 ジャック＝ルイ・ダヴィッド《ナポレオンの聖別式と皇妃ジョゼフィーヌの戴冠式》(1805-08)：1804年12月にパリのノートル・ダム寺院で、教皇ピウス7世がナポレオンを聖別した後、ナポレオン自らが自分の頭に冠を載せ、さらにジョゼフィーヌの戴冠を行った。ダヴィッドの絵画はナポレオンの権力を誇示するものであった。

コリンヌの栄誉は自らの天分によって勝ち取られたもので、ナポレオンのように殺戮に明け暮れる戦争によるものではない。「彼女の勝利の戦車は誰にも悲しみの涙を流させることはなかった」という言葉には、スタール夫人の密かなナポレオン批判が透けて見える。また、コリンヌの戴冠式は、イタリア王となったナポレオンのミラノでの聖別式を想起させる。この聖別式は一八〇五年五月に行われたが、スタール夫人はその直後の六月にミラノを訪れている。それだけではない。コリンヌの戴冠式は、ダヴィッドの《ナポレオンの聖別式と皇妃ジョゼフィーヌの戴冠式》(**図6**)が表象する「歴史的・政治的な現実」を反転させるものであった[16]。スタール夫人は、ナポレオンという「軍事的天才」に「詩的天才」コリンヌを対峙させることで、ナポレオンへの挑戦を行ったと言えよう。

図7《ラオコーン》（ヴァティカン美術館）

図8《ニオベ》（ウフィツィ美術館）

ヴァティカン美術館でコリンヌがオズワルドを最初に案内するのは、古代ギリシアの神々や英雄たちの彫像が集められた部屋であった。

そこでは最も完璧な美が永遠の眠りについて、自らにうっとりしているかのようだ。こうした表情や見事な姿を見つめていると、人間に対する神の何ともわからない意図が、神が授けた高貴な面立ちによって表現されていることがわかる。それに見入っていると、魂はアントゥジアスムと美徳に満ちた希望へと高まる。（強調は筆者）

ヴィンケルマンの『ギリシア芸術模倣論』の影響を受けたスタール夫人にとって、古代彫刻に見出せる「英雄的な沈着さ」「力強さの感情」は、「開放的で自由な政治体制」の中でしか発揮できないものであった。

激しい苦悩の表情を浮かべるラオコーン像（図7）やニ

オベ像（図8）も例外ではないと、語り手は指摘している。しかし、スタール夫人がイタリアを訪れた時（一八〇四〜一八〇五）には、一七九七年のトレンティーノ条約によって、ヴァティカン宮殿のラオコーン像を含む主要な美術品約百点はフランスに接収され、ルーヴル美術館に収容されていた。オズワルドに裏切られて傷心のコリンヌが、フィレンツェのウフィツィ美術館で見たニオベ像も同様である。ラオコーン像とニオベ像は、コリンヌの心を映し出す重要な指標となっている。(17) ここで注目すべきは、スタール夫人が現地では見ることのできなかった美術品を接収前の状態に戻して、小説の中で再現していることだ。そこにもナポレオンによる美術品の略奪への批判が見出せる。

「自由」の称揚

先ほどの引用にある「アントゥジアスム（enthousiasme）」は、スタール夫人の作品世界の鍵となる言葉で、佐藤夏生によれば「もともとはギリシア語で預言者の『神がかり』状態を指し、後に詩人の『霊感』を意味するようになった」(18)。それは個人の魂と神との合一を求める神秘主義思想と同質のもので、両者とも「無限に対する感情(19)」から生み出される。したがって、「アントゥジアスム」は「魂の高まり」「高揚感」「熱情」「熱狂」などと訳されるものだ。スタール夫人によれば、芸術家は自由な環境の中で初めて神から霊感を受け、その高揚感のうちに優れた作品を生み出す。そして、それを見た者にもアントゥジアスムを引き起こすことになる。

それは造形芸術や即興詩に限らず、文学全般にも当てはまる。スタール夫人は『フランス革命に関する考察』の中で、「文学は自由なしには偉大なものは何も作り出せない」と述べた後、「その反証として、ルイ十四世時代の傑作がいつも引き合いに出されるが、言論の隷属はルイ十四世時代よりもボナパルトの時代の方がはるかに深刻だった」と証言している。国家に関しても同様である。作中で、オズワルドがイタリアの過去の芸術は偉大だが、現在のイタリアには独立した政府や制度が存在せず、人間の尊厳が守られていないと批判する場面がある。それに対して、コリンヌはイタリアの詩人アルフィエーリの言葉を引用し、次のように答えている。

「我々は奴隷である、しかし常に激情に身を震わせている奴隷である」と、我が国の現代作家で最も誇り高いアルフィエーリが言っています。私たちの芸術には魂が沢山入っているのですから、いつかは私たちの気質が私たちの天分に匹敵するようになるでしょう。

コリンヌの言葉には、イタリアの未来に対する希望が見出され、彼女は作者の代弁者として、イタリア人自身の手で独立国家が設立されることを願っている。しかし、ナポレオンは「イタリアの独立を容認することは決してなく、イタリアをフランスの自然な延長としてしか見ていなかった」[20]。その証拠に、イタリアをオーストリアの支配から解放した後、ナポレオン自らがイタリア王に即位している。さらに、すべての占領地におけるフランス語化政策が実施され、一八〇七年にはイタリアの学校においてフランス語の教科書が課され、新聞もフランス語で書くことが義務づけられる。

こうしたナポレオンの政策を、スタール夫人は登場人物の言説を通して婉曲的に批判している。コリンヌのサロンでの文学談義がその最たる例である。フランス人貴族デルフイユ伯爵が文学におけるフランスの優越を誇り、外国はフランス文学を模倣すべきだと語ったのに対して、コリンヌは人間精神の多様性に基づき、民族色や各国民の感性と精神の独創性を尊重すべきだと反論している。さらに、イタリア人のカステル゠フォルテ公が次のように続けている。「外国人は皆、フランス語を知っています。だから彼らの視野は外国語を知らないフランス人よりも広いのです。どうしてフランス人は外国語を学ぶ労を取らないのでしょうか？」。こうした言葉には、明らかにナポレオンのフランス中心主義への批判が読み取れる。

デルフイユ伯爵はコリンヌのサロンで唯一のフランス人で、アンシャン・レジームの貴族のステレオタイプとして「軽薄さ・陽気さ・軽率さ・礼儀正しさ・優雅さ[21]」を体現している。彼は人の感情を推し量ることのできない底の浅い、滑稽な人物として描かれている。しかも、ナポレオンが模範とみなすルイ十四世時代の文学を称揚する伯爵は、コリンヌの雄弁によって見事に論駁されている。それゆえ「スタール夫人が小説の中で、フランス人を侮辱したことを許すことはできない[22]」と、ナポレオンが怒りを露わにしたのも頷ける。さらに、コリンヌがナポリでオズワルドと停泊中のイギリスの軍艦を訪れ、軍人たちの規律正しさに感銘を受ける場面がある。ナポレオンは一八〇五年十月のトラファルガーの海戦でイギリス軍に敗れ、イギリス侵攻の野望が挫かれただけに、この場面は彼の神経を逆撫でにしたことであろう。

このように、スタール夫人は検閲を避けながらも、『コリンヌ』の中でナポレオンの覇権主義、とりわけイタリアにおける彼の政策への異議申し立てを行っている。実際、彼女は後に、「ナポレオンの治世下で本を出版したフランス人のうち、彼の巨大な存在について何も言及しなかった唯一の有名作家」が自分であると、誇らしげに語っている。したがって、スタール夫人は作品の中でナポレオンの存在を抹消することで、ナポレオン批判を成し遂げたと言えよう。

おわりに

『コリンヌ』は一八〇七年五月一日に出版され、大成功を収めて彼女の名はヨーロッパ中に広まる。それによって、彼女の言動や著作はこれまで以上にナポレオンから危険視されるようになる。スタール夫人は、一八〇八年から執筆を始めた『ドイツ論』を一八一〇年に書き上げ、四月に密かにフランスに戻り、出版の準備を進めていた。同年九月には検閲を経た『ドイツ論』の印刷、製本が完了する。しかし、九月二十四日に『ドイツ論』の草稿と校正刷りを提出するよう警察大臣ロヴィゴから命令が下り、十月十四日には本の断裁が行われる。同時に、スタール夫人に対して二十四時間以内の国外退去の命令が下される。彼女はフランスを発ってコペの館に引きこもるが、館も厳しい監視の対象となる。というのも、一七九八年一月にフランス軍がスイスのヴォー州（コペも含む）に侵攻し、この当時、ジュネーヴおよびヴォー州はフランスに併合されていたからだ。それゆえ、彼女と親しいレカミエ夫人やモンモラシーがコペの館を訪れたことを理由に、追放処分になるほどであった。

スタール夫人は、一八一二年五月二十三日にコペの館から密かに脱出し、ナポレオンのロシア遠征の真っ只中、ロシア、スウェーデンを経由して一八一三年六月にイギリスに渡る。イギリスでは、密かに持ち出した『ドイツ論』の草稿と校正刷りをもとに、英語版とフランス語版を出版し、その初版はたちまち売り切れるほどの人気を博した。それによって彼女は「ヨーロッパ外交の舞台で脚光を浴び、反ナポレオン陣営の重鎮として発言力を増して」[23]いった。

スタール夫人がパリに戻るには、ナポレオンの失脚後、ルイ十八世が王位に就いた王政復古時代の一八一四年五月まで待たねばならなかった。その三年後の一八一七年、奇しくも革命記念日に当たる七月十四日に五十一歳の若さで亡くなっている。

以上のように、スタール夫人の人生とその作品には、フランス革命およびナポレオンとの関係が深く刻み込まれていた。そこには、ナポレオンの迫害にも屈せず、最後まで自らの信念を貫き通し、本を執筆し続けたスタール夫人の強靭な精神力が垣間見られる。しかも、彼女の功績は、フェミニズムの先駆けとされる『デルフィーヌ』『コリンヌ』のような小説や、ドイツの風俗・文学・芸術・哲学・宗教などをフランスに紹介した『ドイツ論』だけに留まらない。スタール夫人はフランス革命に関する論考を革命中に次々に発表し、彼女の死後、一八一八年に出版された『フランス革命に関する考察』は初版の六万部はすぐに売り切れ、その後も再版が続くなど、大きな反響を引き起こした。フランソワ・フュレ、モナ・オズーフ編纂の『フランス革命事典』において、「スタール夫人」の項を担当したマルセル・ゴーシェによれば、この著作は「王政復古期において文字通り、革命史学を生み出した論戦の知的母胎[24]」となった。

『フランス革命事典』では、スタール夫人は、父のネッケルやナポレオンとは異なり「両者は「人物」の巻に収められている」、ミシュレやトクヴィルと並んで「歴史家」の巻に分類されている。スタール夫人の「歴史家」としての側面は、これまであまり顧みられてこなかった。今後、フランス革命を論じる「歴史家」としてのスタール夫人にも、光が当てられることを願っている。

註

(1) ネッケルは財務総監に復帰後、財政の立て直しを図るが、国王は彼の意見に耳を貸さなかった。さらにアッシニア紙幣の発行に反対して議会と対立し、一七九〇年九月三日に辞職する。彼はスイスのコペの館に戻り、政治の表舞台から消える。

(2) スタール夫人は、一七八五年七月三十一日付けの日記の中で、次のように記している。「地上の全ての男性の中で私ができれば恋人にしたかったのは、彼「ネッケル」である」

（3）工藤庸子はここで使われているsociétéという言葉は「今日的な意味での『社会』」と同じではなく、「社交界」とも訳せず、「一定水準の言論空間」（『評伝スタール夫人と近代ヨーロッパ――フランス革命とナポレオン独裁を生きぬいた自由主義の母』東京大学出版会、二〇一六年、六五頁）を指しているとして、「社交空間」（同書、六四頁）と訳している。

（4）Michel Winock, *Madame de Staël*, Paris, Fayard, 2010, p.497.

（5）Emmanuel de Las Cases, *Le mémorial de Sainte-Hélène. Le manuscrit retrouvé*, Paris, Perrin, 2021, p.732.

（6）Simone Balayé, *Madame de Staël. Écrire, lutter, vivre*, Genève, Droz, 1994, p.187.

（7）離婚法案は結局、議会に通らず、最終的に離婚法が可決されたのは、デルフィーヌとレオンスの死（一七九二年九月十五日）の直後、九月二十日の立法議会においてであった。

（8）死期の迫ったヴェルノン夫人はデルフィーヌに宛てた手紙の中で、自らの人生を振り返り、後ろ盾も財産もない彼女は横暴な後見人に言われるがまま、愛のない政略結婚をせざるを得なかったと語り、「女を取るに足らぬ存在と考え、いかなる権利もいかなる能力も女に認めようとしない人たちが、気力や自立の美徳、率直さと誠実さを女に求めている」と社会を非難している。そして、彼女は自衛手段として「心を偽ること」を武器にするしかなかった、また、それが「主人の不公平に対して（奴隷の）女に残された唯一の自衛手段」だと述べている。

（9）Simone Balayé, *Madame de Staël. Lumières et liberté*, Paris, Klincksieck, 1979, p.240.

（10）スタール夫人は一八〇四年二月一日、ヴァイマール劇場で「ラ・サアルのニンフ（妖精）」というオペラを観劇した。その内容は、一人の騎士が水の精と愛し合うが騎士は結局、不死の妖精ではなく、平凡な人間の女性を結婚相手として選ぶ、というものであった。このオペラに感動したスタール夫人は、優れた才能を持つコリンヌと、彼女を捨てて家庭的な女性と結婚するオズワルドとの恋愛物語を着想したとされる。

（11）『コリンヌ』に関する本稿の一部は、筆者の論文「絵画・彫像で読み解く『コリンヌ』の物語」（『女性学講演会第1部「文学とジェンダー」』第十八期、二〇一五年）の内容に基づいている。

（12）Lucia Omacini, « « Il n'y aura pas un mot de politique. » : Madame de Staël et la tradition du roman de femmes », in *La Tradition des romans de femmes, XVIII*^{e}*-XIX*^{e} *siècles*, Paris, Honoré Champion, 2012, p.244.

（13）ルネ・マルタン監修『ギリシア・ローマ神話文化事典』松村一男訳、原書房、一九九七年、二二二頁。

(14) Cf. Laure Lévêque, « *Corinne* ou Rome : une réécriture de l'histoire », in *Madame de Staël*, Corinne ou l'Italie, *« l'âme se mêle à tout »*, Paris, SEDES, 1999, p.144.

(15) François René de Chateaubriand, *Mémoires d'outre-tombe*, Paris, Pléiade (Gallimard), t. I, 1951, p.570.

(16) Danielle Johnson-Cousin, « L'orientalisme de Madame de Staël dans *Corinne* (1807) : politique esthétique et féministe », in *Studies on Voltaire and the Eighteenth Century*, vol. 317, 1994, p.191.

(17) 詳細については、前掲の筆者の論文を参照のこと。

(18) 佐藤夏生『スタール夫人』清水書院、二〇〇五年、一三五頁。

(19) 同上、一三五頁。

(20) Simone Balayé, « Madame Staël, Napoléon et l'indépendance italienne », in *Revue des sciences humaines*, Janvier-mars 1969, p.52.

(21) Jocelyn Huchette, « Le comte d'Erfeuil et la représentation du caractère français », in *Madame de Staël*, Actes du colloque de la Sorbonne du 20 novembre 1999, Paris, Presses de l'Université de Paris-Sorbonne, 2000, p.69.

(22) Emmanuel de Las Cases, *op.cit.*, p.731.

(23) 工藤庸子、前掲書、二六七頁。

(24) Marcel Gauchet, « Madame de Staël », in *Dictionnaire critique de la révolution française*, t. 5, *Interprètes et historiens*, sous la direction de François Furet et de Mona Ozouf, Paris, Flammarion, 2017, pp.229-230.

第二章

社会革命の一画期、巨人の時代としてのフランス革命

——シャトーブリアン『墓の彼方からの回想』

小野　潮

フランソワ＝ルネ・ド・シャトーブリアン François-René de Chateaubriand（一七六八－一八四八）

零落した古い貴族の家系の次男として生まれ、革命初期の騒擾に接し嫌悪を覚えアメリカに旅立つ。旅の途次国王のパリ脱出失敗の報を目にして帰国し反革命王族軍に参加するものの、軍の敗北後ロンドンで八年間窮迫の亡命生活をおくる。ナポレオン政権成立後に帰国し、アメリカ旅行に想を得た小説『アタラ』、『ルネ』で文名をあげ、続いて出版した『キリスト教精髄』が時代のキリスト教復興の機運と一致し大成功する。外交官としてローマに派遣されるが、ブルボン家連枝であるアンギャン公爵の拉致殺害に反発して辞職する。その後、隠然たるナポレオン体制反対派となる。王政復古期には重要な政治家となり、数カ国でフランス外交代表、外務大臣を務めるが、七月革命時には、ルイ＝フィリップの国王即位に反対し貴族院議員を辞任する。以後、その死に至るまで正統王朝派を代表する人物と見なされる。彼の影響はロマン主義世代に対し甚大であった。

『墓の彼方からの回想』*Mémoires d'Outre-Tombe*（死後出版一八四九－五〇）

ナポレオン支配の時期に書き始められ、王政復古期外交官として各国の首都に滞在していた時期、また七月革命以後政界から身を引いた時期に書き継がれた。その執筆期間は三十年以上にわたる。激動の時代の多くの立役者と実際に交渉を持った彼の回想録は、時代の記録として大きな価値がある。また、多彩な素材を用いながら、時代を透徹した視線で見つめる文豪の比類ない声の響きによっても類例のない作品となっている。当初の著者の意図に反して、彼の死後最初『ラ・プレス』紙に連載される形で世に出る。このときには、あまり大きな反響は呼ばなかったが、後この作品に対する評価は上昇を続け、生前大きな反響を呼んだ『アタラ』、『ルネ』、『キリスト教精髄』をはるかに凌ぐ彼の代表作と見なされるに至っている。

十九世紀初頭のフランス文学界において、圧倒的な存在感を示した作家であり、また後続のロマン主義世代に対し大きな影響力を発揮した作家シャトーブリアンにとって、畢生《ひっせい》の著作は彼が三十年以上にわたって書き継いだ自伝・回想録『墓の彼方からの回想』*Mémoires d'Outre-Tombe* である。この著作は、一七六八年に生まれ、一八四八年に亡くなったこの作家の全生涯を辿《たど》るものである。彼が生きた時代は、フランス革命を挟む、フランスの歴史の中でもまれな激動を経験した時期であり、この回想録はその時代を生きた人間の証言として極めて興味深い。そして、シャトーブリアンが単にその時期にたまたま生まれ合わせた人物であるだけでなく、とくに王政復古期においては政治の第一線で活躍した人物であり、それに続く七月王政期には、七月革命でフランスを追われた正統王朝を支持する王党派の代表的な人物であったという意味で、またそうした資格で、時代を代表する多くの人物と切り結んだ著者の証言が見られるという意味でも、この回想録はたいへん興味深い書物となっている。

シャトーブリアンが、フランス大革命という未曽有《みぞう》の事件に青年期に遭遇したことで、この事件は、彼自身の生涯にとって、ものの考え方、生き方に大きな刻印を残す事件となり、この書物でも中心的なトピックのひとつになっている。さらに革命観という観点からするなら、この書物を興味深いものにするのは、シャトーブリアンが革命後も一八四八年まで生き続け、その時代時代のできごとを経験しつつ、革命を振り返る視点をもこの回想録に統合していることである。革命に遭遇した青年の視点だけでなく、革命が終了した後にも時代の第一線とまじわりながら生き続け、ナポレオン期、王政復古期、七月王政期を生きた大作家がそれぞれの時期のプリズムを通して見たフランス革命観が反映するものとしても、『墓の彼方からの回想』は興味深い書物となっている。

本論では、まずシャトーブリアンの生涯を時代の変転と並行させながら紹介したうえで、二十歳を過ぎたばかりの時期にパリでバスチーユの陥落に立ち会い、ヴェルサイユ行進から引き揚げる民衆の姿を自分の目で見、立憲議会、国民公会の時期にもパリに滞在し、自分の兄と兄嫁をギロチンにかけられ、反革命の王族軍に参加したがゆえに極貧のロンドン亡命を八年に渡って耐え忍ばなければならなかった青年の、フランス革命に対する直接的な反応を観察する。

しかし、先に述べたように、シャトーブリアンは狭義の革命期の後にも生き続け、しかも王政復古期には第一線の政治家として活動し、ベルリン、ロンドン、ローマという当時のヨーロッパの主要都市でフランスの外交代表を務め、外務大臣まで務めた人間なので、そうした人間がフランス革命をその後の人生のなかでどのように捉えているかについて、ふたつの点から検討する。ひとつは、狭義のフランス革命を、彼が生まれる前の時代から始まり、彼が生きている時代でもなお進行中の巨大な社会革命の一時期として捉える視点である。もうひとつは、それにもかかわらず、革命期、そしてナポレオン期を、人間あるいは人類のエネルギーがある意味解放され、そのエネルギーを体現した巨人たちが出現した時代であったとする視点である。

そして最後に、狭義のフランス革命を人間が持つエネルギーの沸騰した時代、また彼が生きてきた時代を大いなる変革の時代と捉えながらも、それらを「永遠」の展望、言い換えれば「神」の展望から見るならば、そうした変転自体が、ほとんど「無」と化してしまうという視点が、この『墓の彼方からの回想』という作品の大きな特徴であることを見て、論を締め括る。

I　シャトーブリアンの生涯

シャトーブリアンは一七六八年九月四日ブルターニュ半島の根元の北岸の町サン゠マロに生まれる。スタール夫人は一七六六年生まれ、彼女の愛人で小説『アドルフ』の作者であるバンジャマン・コンスタンは一七六七年生まれ、ナポレオンは一七六九年生まれであり、彼らはほぼ同世代で、まさに二十歳をわずかに過ぎたばかりの時期にフランス革命に遭遇する世代となる。シャトーブリアンはブルターニュで古い家系を誇る貴族の家の次男坊として生まれているが、古い家系の貴族といっても、父の代には零落しており、父親はほとんど海賊に等しい私掠船の乗組員、船長、船主として財産を築き、奴隷貿易にも携わっていた。その生涯の目標は自分の家にかつての大貴族の相貌を取り戻すことであり、父は、シャトーブリアンが生まれる七年前に、かつての自分の家の居城ではないものの、中世からの由緒正しい城であるコンブールの城を買い求めており、シャトーブリアンは生まれてからしばらく故郷のサン＝マロで過ごした後、九歳から十八歳までの時期を、この城と、近隣の町の中等学校の寄宿舎で過ごすことになる。その城は現在も、シャトーブリアンの兄の家系に相続されているが、まったく中世風の、戦をするために作られたとおぼしい峻厳なたたずまいを見せている。

学業を終えたシャトーブリアンは兄の伝手《つて》で陸軍に入り、やはり兄の思惑があって、ヴェルサイユ宮殿でルイ十六世にお目見えし、王の狩猟にも同行し、このおりにマリー＝アントワネットの姿も目にしている。彼が一七八九年七月十四日にパリにいたのは、パリの社交界、とくに文学界に出入りしたがっていた姉のファルシー夫人、そしてすぐ上の姉のリュシルにパリへの同行を求められたからだった。彼が一七八九年に見たのはバスチーユ占拠であり、その数日後に食糧不足の責任者と見られて惨殺されたフーロンとベルティエの首を槍にかざして行進する民衆の姿であり、ヴェルサイユ行進だった。立憲議会の傍聴にも行き、何度かこの時期の革命の主導者であるミラボーと食事をする機会もあり、強い印象を与えられた。しかし、この時期の騒擾を見て、彼は革命の動きに深い嫌悪を覚え、やはりそうした動きを是認しない、兄嫁の祖父の哲学者で後に国王裁判で国王の弁護人を務めるマルゼルブの勧めもあり、一七九一年七月にアメリカに赴く。この際に彼が目的としていたのは、北極海を抜けて大西洋から太平洋へと抜ける、当時まだ発見されていなかった航路を発見することだった。

しかし、アメリカに着いてまもなく、彼はこの企図が、何ら政府の援助を受けず経験もない青年の手に余るものであると悟り、彼のアメリカ旅行は、彼自身にアメリカの新しい社会、西欧の影響によって破壊されつつあるアメリカ原住民の世界、そしてアメリカの大自然を発見させ、それについて多くの記述をさせただけということに終わる。しかし、このアメリカ旅行においてなした記述は、その後の彼の作家生活において、彼がそこから多くの記述、イメージ、人物を生み出す源泉となっていく。そのアメリカ旅行の途次、シャトーブリアンは現地の英字紙で、ルイ十六世がパリからの脱出を謀《はか》り、それに失敗してパリに連れ戻されたこと、また貴族たちが続々と亡命し、ルイ十六世の弟たちを頭《かしら》として結成された反革命の王族軍に加わっていることを目にして、帰国を決意し、一七九二年の一月にはフランスに戻っている。そして、兄とともにその年の七月には王族軍への参加を目指してフランスを脱出する。しかし九月には彼自身も負傷し、王族軍も解散し、彼はジャージー島を経由してロンドンへと亡命を余儀なくされ、そこで極貧の八年間を過ごしている。この亡命期間中に、先に述べたように兄と兄嫁、そして先に言及したマルゼルブは恐怖政治の犠牲となりギロチン送りになっている。また彼の母親や姉たちも亡命貴族の家族ということで反革命容疑をかけられ逮捕される。そしてテルミドール九日のクーデタの後に釈放されはするものの、その釈放後に母と姉のひとりはシャトーブリアンの帰国を待たずに死去してしまう。シャトーブリアンが帰国するのは、フランス国内でジャコバン独裁が終了し、さらにその後の混乱のなかから誕生した総裁政府においても混乱が続く状況が、ナポレオンによる一七九九年のブリュメール十八日のクーデタにより落ち着きを取り戻し、ナポレオン体制が確立しつつあった一八〇〇年五月である。

帰国したシャトーブリアンはイギリスで始めていた著作、『キリスト教精髄』から抜き出した中編小説『アタラ』と『ルネ』によって、一躍文名を高める。さらには、一種のキリスト教護教論である『キリスト教精髄』が、永らく革命政府によって信仰心を抑えられてきた民衆の心情、また自分の権力を確固としたものにするためにナポレオンが進めようとしていたキリスト教会との和解の方針にも合致し、大きな成功を収める。そしてこれが評価されて、シャトーブリアンはナポレオンに取り立てられ、ナポレオンの叔父フェシュ枢機卿が大使として派遣されることになったローマ駐在フランス大使館の第一書記に一八〇三年に任命されている。しかし、上司であるフェシュ枢機卿と折り合いの悪かったシャトーブリアンは、ローマの職を解かれ、ナポレオンが新たに建国させたスイスのヴァレ共和国におけるフランス外交代表に任命される。しかし、このタイミングで、アンギャン公拉致処刑事件が起きる。これは、ナポレオンを目標とする暗殺未遂事件に関連して、ストラスブールからわずかに離れたドイツ領に滞在していたブルボン王家に連なるアンギャン公爵を、ナポレオン配下の軍が拉致し、パリに連行し、その夜のうちに軍事裁判にかけ処刑してしまうという極めて乱暴な事件だった。このナポレオンのやり口に反発したシャトーブリアンは即日辞表を出し、その後シャトーブリアンはナポレオンの失脚まで隠然としたナポレオン反対派として留まることになる。

シャトーブリアンが回想録を書こうと思い立ったのはこのローマ滞在の時期であり、実際にこれを書き始めたのはアンギャン公拉致殺害事件後のナポレオン体制下においてだった。ナポレオンはスペイン戦役の失敗とロシア戦役の失敗が大きな原因となり、連合国軍にフランスまで攻め入られ一八一四年に最初の退位をするが、この過程で、シャトーブリアンはまだナポレオンの失脚が決定的になる以前に、『ブォナパルテとブルボン家』という小冊子を書き始める。これはナポレオンが失脚した場合に、フランスの国内情勢を安定させるためにはブルボン家を国王として復活させなければならないと主張するものだった。しかし、エルバ島に流されたナポレオンは翌年には島を脱け出し、パリに戻り、皇帝位に復位する。この際、シャトーブリアンは国王が断固としてパリに留まり、ナポレオンに抵抗するよう主張するがその意見は入れられず、現在ベルギー領であるヘントへの王家の逃亡に付き従うことになる。

ナポレオンが決定的に失脚しセント＝ヘレナ島に送られ、第二次王政復古が始まると、シャトーブリアンの政治的重要性は増し、先に述べたように、プロイセン、イギリス、ローマ教皇庁におけるフランス外交代表、また外務大臣を務めている。しかし、彼は必ずしも権力の中枢に居続けたわけではなく、むしろ国王や、時々の権力中枢にいた人間からは煙たがられ、右派の政治家ではあるものの、貴族院における政府反対派の位置にいることが多く、またその闘争の手段として、新聞や出版物を用いるので、このことも政府の主流派からは大きな反発を買っていた。王政復古期に彼が就いたおもな役職が、内閣内部の役職ではなく外交代表であったということにも、彼を敬遠してパリから遠ざけておきたいという王政復古中枢部の意向が働いていた。しかし、その王政復古政府も王政復古第二代の国王であるシャルル十世と、王政復古末期に政権に就いたポリニャックの反動的な政策が民衆の反感を買い、七月革命が引き起こされる。そしてブルボン家の傍系であるオルレアン家のルイ＝フィリップを国王に戴《いただ》く七月王政が発足する。亡命に当たって、シャルル十世は退位を宣言し、また王太子だったアングレーム公爵も即位を辞退し、シャルル十世の孫で、アングレーム公爵の甥に当たる幼いボルドー公爵をアンリ五世の名のもとに国王とするよう言い残してシャルル十世とアングレーム公爵はフランスを去る。シャトーブリアンは、七月革命に当たって、ルイ＝フィリップからの自分を支持するようにという誘いを断り、アンリ五世の即位を主張し、その方向で貴族院でも演説をおこない、これが入れられず貴族院議員の職を辞することになる。その後七月王政の期間中一貫して、シャトーブリアンは正統王朝のアンリ五世を支持する立場を堅持しつつ、政治の表舞台からは多少身を引いた形で、さらに十八年生き続ける。この間、全集を出したり、ときに致し方ない形で新聞に論説を執筆することはあるものの、基本的には『墓の彼方からの回想』の執筆に専念しつつ時間を過ごすことになる。

Ⅱ　革命に対する青年シャトーブリアンの反応

青年シャトーブリアンはまさに一七八九年の革命の初動期において、パリで革命の諸事件に遭遇する。一七八九年でのパリの騒擾に先立って、シャトーブリアンはレンヌにおいて開催されたブルターニュ地方三部会の様子も目撃しており、世情が騒然としてきているということについては、実際に革命の諸事件がパリで勃発する以前から体感していた。そうした状態でパリの諸事件を目撃したわけだが、この時代の多くの人間と同じように、シャトーブリアンも旧制度《アンシャンレジーム》がさまざまな点で行き詰まりを迎えているという感情は持っていた。したがって、三部会開会への動き、さまざまな改革を求める陳情書の内容、また三部会が国民議会となり、さらに憲法を制定するための立憲議会になるという動きについては彼も肯定的に捉えていた。立憲議会について、彼は次のように述べている。

立憲議会が扱わなかったような、そして適当な解決策を与えなかったような重大な政治的問題はない。もし立憲議会が三部会議員選挙の有権者の陳情書で述べられていることをしっかりとおこなって、それ以上先に行こうなどとしなければ、[1] 事態はどれほどすばらしかったことだろう。(第五巻一一章)[2]

しかし、議会外、とくに民衆の騒擾、あるいは暴力行為については、実際にその現場を目撃したシャトーブリアンは深い嫌悪感を示している。一七八九年七月十四日、バスチーユを陥落させて、意気揚々と引き上げてくる民衆の姿を目にしての感想を彼は次のように記している。

「バスチーユの勝利者たち」が練り歩いていたが、それはすっかりのぼせ切った酔っ払いどもで、連中は飲み屋で征服者として称えられた。売春婦とサン゠キュロットの支配が始まっており、こうした連中が「バスチーユの勝利者たち」に付き従っていた。この英雄たちを前にして、通行人は恐怖に怯《おび》え、連中に敬意を示すために帽子を脱いだのだが、この英雄の何人かは自分たちの勝利の最中に疲れ果てて死んでしまった。（第五巻八章）

パリの食糧不足に恐慌をきたした女性たちが中心になり、ヴェルサイユへ押しかけて国王一家をパリに連れてきた事件である一七八九年十月のヴェルサイユ行進から戻ってきた民衆の姿を目にした時のシャトーブリアンの感想も同様のものである。

最初に姿を見せたのは数門の大砲だった。その上には獰猛な女たち、やくざ女たち、売春婦たちが馬乗りになっていて、このうえなく卑猥な言葉を吐き散らし、このうえなく汚らしい身振りをしていた。それに続いて、年齢も性別もまちまちな群衆のただなかを親衛兵たちが歩いてきたが、彼らはその帽子、剣、銃の負い革を国民衛兵と交換していた。彼らの曳く馬のそれぞれには二、三人の市場の女が乗っていたが、それは汚らしい、酔っ払って服装の乱れた酒飲みどもだった。（第五巻一〇章）

要するに民衆は猥雑であり、不潔であり、猥褻《わいせつ》でさえあり、ほとんど酩酊状態にあるとしている。このヴェルサイユ行進の際にも、民衆はどさくさの衝突で殺された兵士の首を槍先にかかげているが、同様の事件が、この年の七月二十二日にも起きており、このときにはパリの食糧不足の責任者と見なされた地方総監のベルティエとその義理の父親であるフロンが犠牲になった。この事件を間近で見たことがシャトーブリアンに強い印象を与えている。

王と民の和解がなってまもないある日、私は姉たちと数人のブルターニュ人とともに、家具付きホテルの窓辺にいた。私たちは叫び声を聞く。「扉を閉めろ！　扉を閉めろ！」ぼろを着た一団が通りの一方の端からやってくる。その一団のなかほどに二本の旗印のようなものが立ち上がっているのが見えたが、遠くからはよく見えなかった。彼らが前進してくると、髪がばらばらになり、すっかり顔かたちの崩れたふたつの頭部が見分けられた。マラの先駆者たちがそれを槍の穂先に掲げていたのだ。それはフーロン氏とベルティエ氏(3)の首だった。ホテルの部屋にいた人々は皆窓から離れた。私はそこに残った。人殺しどもは私の前で立ち止まり、歌い、跳ね回りながら、私に向かって槍を突き出し、私の顔に青白くなった人形《ひとがた》を近づけるために跳び上がった。これらの首のひとつの片目は眼窩《がんか》から飛び出し、死者の暗い顔から垂れ下がっていた。大きく開かれた口から槍の穂先が突出し、歯がそれを噛んでいた。

「ならず者どもめ！」私は抑えがたい怒りでいっぱいになって叫んだ。「おまえたちは自由がこんなものだと思っているのか！」もし私が銃を持っていたなら、この哀れな者たちに、狼に対するように、ぶっぱなしていたことだろう。（第五巻九章）

フランス革命渦中のパリを逃れたアメリカ旅行の後に、シャトーブリアンは一七九二年に再びパリにやってきた。このときの、パリの様子は先の滞在のときとは異なっているが、しかしシャトーブリアンの目から見て状況が先の時点より改善されているわけではない。時点としては立法議会の時期で、シャトーブリアンがパリに滞在したのはこの年の五月から七月だが、この時期のパリについて彼は次のように述べている。

平民の、確かに豊かなものである若々しい専制が近づいているのが感じられた。その専制は希望に満ちたものだったが、王権によるかつての弱々しい専制政治に比べてはるかに強力なものでもあった。なぜなら、君主となった民衆は至るところにいたので、民衆が専制君主になったときには、専制君主が至るところにいることになったからだ。それは全員が専制君主ティベリウス(4)である者が至るところにいるということだった。（第九巻三章）

民衆の支配が一層強固になった姿は、この時期に活動が盛んであった民衆政治クラブについての記述からも窺《うかが》われる。しかしその民衆が不潔で、猥雑で酔っ払いの如くであったという感想には変わりがない。

一七九二年のパリは、一七八九年、あるいは一七九〇年とは様相を一変していた。それはもはや生まれつつある革命ではなく、自らの運命へ向かって、深淵を横切りながら、誤った道を通って、酔いどれて歩みを進める民衆だった。（同上）

シャトーブリアンにとってのフランス革命の経験はパリでのそれに留まらない。反革命の軍に加わった結果、長い亡命生活を貧窮のうちに過ごさねばならなかった経験が、彼にとってのフランス革命の大きな部分をしめている。であればこそ、彼はフランス革命を考える際にフランス国内で起きたことだけでなく、フランス国外で起きたことにも目を向けなければならないと主張する。

フランス革命について書かれた歴史書では、フランス内部についての記述の傍らに置かれるべき、外部にあったフランスについての記述がなおざりにされてきた。数々あった亡命者の大きな集団、逃亡先の諸国の風土、そこに住む諸国民の習俗に合わせてその生活様式、その苦難もまちまちだった亡命者の集団を描くことが忘れられてきたのだ。（第一〇巻八章）

そして自分の亡命中に兄やその親族をギロチンで失うという経験、また自分や兄が反革命容疑者となったために、フランスに残った母や姉が牢獄暮らしをさせられたあげくに、自分の不在中に亡くなってしまったことも、シャトーブリアンにとっては切実なフランス革命の経験であり、そうした要素までを包含したものが、彼にとってのフランス革命の経験になる。これについて、彼は次のように述べている。

彼女たち〔＝母と姉たち〕は無実だったのに、私の亡命の罪を問われていた。外国で耐え忍ばねばならなかった苦難など、祖国に残ったフランス人の苦難に比べればいかほどのものだっただろう。しかしそれでも、亡命の苦難のただなかにあって、自分の亡命が近親者への迫害の口実にされているのを知るのはなんという不幸だったことか。（第一〇巻八章）

要するに、一七八九年七月十四日のバスチーユ占拠からロベスピエール失脚に至る狭義のフランス革命の時期は、シャトーブリアンにとって忌まわしいものであり、不潔、猥雑、であり、猥褻ですらある。そして、彼にとってそうした感情を深めるひとつの要素は、かつての革命家がその出自を裏切り、ナポレオン、王政復古、そして七月王政期までをも自らの利害を第一として乗り切り、その度重なる姿勢転換をまったく恥じない姿であり、そうした姿勢を体現するふたりの人物が、タレーランであり、フーシェであった。

Ⅲ　フランス革命はより長期の変化の一過程

前記のように、シャトーブリアンは彼自身がフランス革命によって過酷な生活を余儀なくされ、またその一族も処刑されたり、牢獄暮らしをさせられたりしたわけだが、それがゆえにシャトーブリアンがフランス革命を全否定していたかと言えば、そのようには考えられない。シャトーブリアンはむしろ、自身の遠戚にも当たる十九世紀後半の思想家トクヴィル(5)が提示することになるような、狭義のフランス革命を、もっとスパンの大きい長期に渡る社会革命の過程の一画期として見る視点を強く持っている。まず、シャトーブリアンが指摘するのは、フランス革命は現在でも往々に考えられがちなように、それまで抑圧されていた第三階級が一挙に他の二階級の支配を覆した事件などではないということである。革命以前に開かれていた三部会において、第三階級が往々にして代表者を送らなかったという事実を指摘して、彼はその理由を次のように説明する。

多くの地方においては、第三階級は召集されていたにもかかわらず、代表者を出さなかった。しかしそれには、人々には知られていないが、自然な理由があった。第三階級は司法官の席を占有していたのだ。第三階級は司法官の席から帯剣貴族を追い出してしまっていた。貴族勢力の強いいくつかの高等法院を除いて、第三階級は裁判官として、弁護士として、検事として、書記として、見習い等々として、司法を絶対的な仕方で支配していた。彼らは民事法、刑事法を意のままにこしらえていた。そして高等法院による簒奪という手段によって、第三階級は政治権力をさえ行使していた。市民の財産、名誉、生命は第三階級の手に握られていた。すべては彼らの命令に従い、どんな人間の頭も、第三階級に支配された裁判所の剣によって切り落とされた。第三階級が単独で際限のない権力を享受していたのであれば、どうして彼らが跪《ひざまず》いて姿を見せねばならない会議に、権力のわずかな分け前を求めにいく必要などあっただろう。(第五巻一章)

また革命は、テルミドール九日のクーデタによるジャコバン派失墜によって終了しておらず、ナポレオンの権力掌握によっても、さらにはナポレオン失脚後の王政復古成立、その後の七月革命によっても終了していないとシャトーブリアンは考えている。

われわれは全般的な革命に向けて歩みを進めている。現在進行中の変化が続き、いかなる障害にも出会わなければ、そして民衆の理性がその進歩を続けるならば、また中間的階級の教育が中断されるようなことがなければ、諸国民はすべて同様な自由のうちに平準化されるだろう。もしこの変化が止められるならば、諸国民はすべて同様な専制のもとに平準化されるだろう。現在では啓蒙が進んでいるので、その専制はほんのわずかの期間しか続かないだろう。しかしその専制は荒々しいものになるだろうし、その後には長い社会的混乱の時期が続くだろう。（第三四巻〔三五巻〕三章）

ここで「平準化されるだろう」と訳している語は se niveler（平らになっていく）という動詞である。しかし、革命期を生きていた人々も、革命後に生きている人々もそのことに気づくことなく、その大きな変化のなかで錐《きり》もみ状態になって生きており、往々にして自らが望む方向とは異なる方向に歴史を逆に推し進める結果になっているというのが、シャトーブリアンの診断である。ここでは、印象的な例をふたつだけあげておく。ひとつは、イギリスに亡命していた青年期のシャトーブリアンが耳にした、やはり亡命中の高位聖職者同士の会話である。

共和国が収めたあらゆる勝利は敗北と言いかえられた。まもなく王政復古がなされるという予測を疑うような言動をたまたまするると、たちまちのうちにジャコバン派扱いされた。ほとんど死にかけの人間に見えるふたりの老人臭い司教が春にセント＝ジェームズ公園を散歩していた。ひとりが言った。「猊下《げいか》、六月にわれわれはフランスにいるだろうとお思いになりませんか。」相手は熟考してから答えた。「もちろんです。猊下。そうなって不都合があるようには思いませんな」（第一〇巻七章）

このふたりの高位聖職者の時代状況についての認識は、同じ亡命者仲間の青年シャトーブリアンの目にすら戯画的なものに映っている。しかし、この全般的な変化を認識できないのは、国家指導者たちもまた同様である。七月王政を是認することによって、民衆の選択による王制を是認することによって、自分たちの足もとを崩しつつあることを自覚しない、各国の国王たちをシャトーブリアンは以下のように突き放している。

本当に彼らを守る気があるのか怪しい衛兵たちの三重の垣の後ろで安心しきっている国王たちに、このうえなく大胆な諸原理が告げられる。民主制が彼らに打ち勝つ。国王たちは自分の宮殿の一階から屋根裏まで一階一階昇っていき、最後に屋根裏部屋の天窓から泳ぎ出しでもするかのように身を投げる。(第四二〔四三〕巻一三章)

シャトーブリアンは、正統王朝を自らは生涯の最後まで支持しながら、すでに時代は王政原理の時代ではなく、民主制原理、あるいは共和国の時代に入ったと認識している。彼が七月王政を批判するのは、それが民主制原理を十全に引き受けることない、いかさまの政治体制だと判断しているからである。彼はそうした見解を、自分が忠誠の対象としているアンリ五世の母親であるベリー公爵夫人宛の書簡においてすら書くことをためらっていない。(6)

Ⅳ　巨人の時代とピグミーの時代

　このように、シャトーブリアンは狭義の革命期をそれだけで完結したものとは捉えず、それをもっと大きな時間的スパンのなかでの全般的な変化の一画期として捉えるのだが、彼のうちには同時に、狭義の革命期とナポレオン期を併せて、これをその前の時代とも、また王政復古期以後の時代とも区別する視点も同時に存在している。それは、狭義のフランス革命の時期、それからナポレオン時代を巨人の時代、そしてそれに続く時代を小人《こびと》の、ピグミーの時代と見なす視点である。そしてそのような巨人の時代が出現した理由は、全般的な変化の過程で、とくに急激に起きた過去と未来のぶつかり合いの危機の時代があり、それこそがこのふたつの時期であったからである。

　危機の時代は、人間の生命力を倍加させるのだ。解体され、再構成される時期の社会にあっては、ふたつの精霊のあいだの闘い、すなわち過去と未来のぶつかり合い、古い習俗と新しい習俗の混交が移行期特有のものごとの配合を作り上げ、一瞬も退屈する暇など与えない。自由に解き放たれた多くの情熱、多くの性格が、静かに治められている時代にはありえないエネルギーを伴って姿を見せる。規則の侵犯、義務からの、習俗からの、礼儀からの解放、そして危険さえもが、こうした無秩序をさらに興味深いものにする。休暇に入った人類は、その教師に煩《わずら》わされることもなく、自然状態に戻って大道を闊歩《かっぽ》する。そして放埒が生み出す新たな暴君による軛《くびき》に繋がれるまで、社会の動きに抑制をかける必要を感じることはない。（第五巻一三章）

そのようなエネルギーの噴出によって登場するのが、ミラボー、ダントン、サン＝ジュストといった革命家たちであり、ナポレオンということになる。青年期にパリで出会ったミラボーはシャトーブリアンに強い印象を与えている。ミラボーの姿は次のように記述されている。

自然は帝国を治めるためのものとしてあるいは磔台《はりつけ》に昇らせるためのものとして彼の頭を、また国民を絞め殺すためのものとして、あるいは女を攫《さら》うためのものとして彼の腕を型どっているかのように思われた。彼が民衆に目をやりながら自分の鬣《たてがみ》を揺すると、民衆は立ち止まった。彼が前足をもたげ、その爪を見せると、平民は猛り狂って駆け出した。議場の恐ろしい混乱の最中、私は彼が演壇で暗く、醜く、不動の姿でいるのを見た。彼の姿は、混乱の中心にいて、冷然とした、形態をなさないものを示すミルトンの混沌《カオス》を思い起こさせた。

（第五巻一二章）

ナポレオン、ダントン、サン＝ジュストについては次のように述べられている。

ボナパルトの戦時公報、演説、談話、宣言はその力強さで際立っているが、その力強さは彼に固有に属していたものではない。そうした力強さは、彼が生きていた時代が有していた力強さだった。それは革命の息吹《いぶき》に由来するものである。［…］ダントンは言っていた。「金属は沸き立っている。もし炉をきちんと監視していなければ、あなた方はみな燃やされてしまうだろう」。サン＝ジュストは言っていた。「思い切ってやってみろ！」このサン＝ジュストの言葉のうちに、大革命の政治の全体が見出される。革命を中途半端におこなう者は、自らの墓穴を掘るだけである。（第二四巻五章）

革命期の議会の審議を実見し、王政復古期には自身貴族院議員を務めていたシャトーブリアンはこのふたつの時期の議会の対照からも強い印象を受けざるを得ない。

国民議会の議場は、われわれの両院(7)の議論など遠く及びのつかない興味深いものだった。人々は早起きして議場の満員の傍聴席に席を得ようとした。議員たちは口に食物を頰張りながら、話しながら、大きな身振りをしながら議場にやってきた。彼らは議場のさまざまな場所に、それぞれの意見に応じた集団となって陣取っていた。最初に議事録の朗読がおこなわれる。この朗読が終わると、予定されていた議論がなされたり、動議が出されたりする。そこで議論になるのはつまらない法律の条文などではなかった。何かそれまであったものを破壊するというようなことが日程に上ってこないことは珍しかった。（第五巻一三章）

このエネルギーの沸騰の力強さは、革命派、ナポレオンだけでなく、革命に敵対していたヴァンデの農民反乱軍にも共通したものである。シャトーブリアンは、ロンドンで、イギリスに亡命していた王族たちに、自分たちを指導してくれる領袖《りょうしゅう》を求めにきた農民反乱軍からの使者を目にしている。農民たちを馬鹿にする亡命貴族たちは、この農民について「たいした奴じゃない」と軽視しているが、シャトーブリアンはそのような見方に次のように反発を示している。

たいした奴じゃないこの男は、さまざまの町、村、砦《とりで》が奪われたり奪い返されたりするのに二百回も立ち会い、七百回の作戦行動に立ち会い、十七回の正規軍同士の争いに立ち会ったのだ。彼は隊列をなす三十万の軍隊と戦い、六十万から七十万の徴募兵、国民衛兵と戦ったのだ。この男は五百門の大砲、十五万の銃の奪取を助けたのだ。この男は国民公会議員に指揮された「地獄の軍団」(8)、火付け人の連隊のなかを横切ったのだ。この男はヴァンデの森の上に波のように三度にわたって襲いかかった火の海のなかにいたのだ。そしてこの男は、鋤《すき》を持った三十万のヘーラクレース、彼の仕事仲間が滅びるのを、豊かな土地が百里四方灰の

焦土と化すのを目撃したのだ。（第一一巻三章）

この農民たちと亡命王族たちの関係をシャトーブリアンは「巨人が小人に首領を要求していた」と評しているが、この見方はやはりシャトーブリアンが紹介しているナポレオンのヴァンデの戦いを評する「巨人の戦い」だとする評価に呼応している。

『墓の彼方からの回想』全四十二巻のうち第一九巻から第二四巻まで、ある版のページ数で言えば全体の二〇七三ページのうち五分の一以上に当たる四三七ページをナポレオンの伝記に当てた後、第二五巻の冒頭で、シャトーブリアンは次のような嘆きの言葉を発している。

ボナパルトと帝国からそれに続くものへの転落は、現実から無へ、山の頂《いただき》から深い淵《ふち》へ落ちることである。すべてはナポレオンとともに終わってしまったのではないだろうか。他のことについて話す必要などあっただろうか。ナポレオンを除いて、興味を引く人物などいるだろうか。このような人間について語った後、誰のことを、何のことを話題にできるだろう。あの世のさまざまな場所で自分が出会った偉大な詩人たちの列に加わる権利を持てたのはダンテだけである。どのようにすれば、皇帝の話をする代わりにルイ十八世の話などできるだろう。今になって、自分もその同類であるつまらない人間の群れについて鼻声で語らねばならぬと考えると顔が赤らんでくる。われわれは、巨大な太陽が消え失せた舞台に蠢《うごめ》く、怪しげな、せいぜい暗闇に似合いの者でしかなかった。(第二五巻一章)

シャトーブリアンが、自分にとっては肯定しがたいフランス革命の時期、そしてナポレオン期と、自分がその後に生きた王政復古期、七月王政期を対照してこの『回想』全体を通じて漏らす嘆きは次の一文に要約される。

当時のフランス人は、あらゆる党派においてどれほど優れた人間だったことか。そして今日、われわれはなんと情けない種族になり果ててしまったことか。(第一一巻三章)

V 「永遠」を前にした革命

フランス革命、あるいはフランス革命をその一画期とする全般的な革命をシャトーブリアンは以上のように捉えている。しかし、『墓の彼方からの回想』という回想録全体を眺めたときに、彼が生きた激動の時代、またそのなかでもとくに人間がそのエネルギーを滾《たぎ》らせた革命期、ナポレオン期が、より広大な、宇宙的とさえも形容できる時間のなかに位置づけられているということを忘れることはできない。回想録の題名にある「墓」という言葉からも窺《うかが》われるように、この回想録では「死」というものが占める比重がひじょうに大きい。「死」とは「生」の外ということであり、「永遠」ということでもある。「永遠」は『墓の彼方からの回想』ではいろいろな姿を取って現れる。たとえば、人間がそれを意識する以前から地球上のすべての海岸に寄せては返す海の波の姿を取っても現れるし、ナイアガラ瀑布から永遠に落ち続ける水の姿をとっても現れる。また人間が代々、それぞれの人間がその情熱に駆られながら繰り返す人生の営みもまた永遠の相のもとに捉えられている。二隻の船の大洋上での出会いは、その二隻の船の乗員たちにとって航海中のもっとも大きな事件であることを述べた後に、シャトーブリアンは次のように続けている。

二隻の船員と乗客は、一言も発することなく、互いが遠ざかるのを見つめ合う。こちらの人々はアジアの太陽を求めて航海を続け、あちらの人々はヨーロッパの太陽を求めて航海を続ける。そしてアジアの太陽もヨーロッパの太陽もその人々がどちらも等しく死ぬのを目撃することになるのだ。大洋の上で風が旅行者たちを運び、彼らを散り散りにするよりなお速く、陸地の上では時が旅人たちを運び、散り散りにする。旅人たちは互いに遠くから合図を送りあう。「さらば、行け！」皆がすべて最後に行き着くのは「永劫」という港だ。（第六巻二章）

また時間的な極大値のなかに、自分が生きていた時代を位置づけようとする姿勢はさらに、その極大値を人類の歴史を越えた、宇宙的な時間にまで拡大する視線に達している。次の一節では、人類が消滅してしまった時間が考えられ、そのなかでは革命の激動を含め、人類の営みの全体がそれが消え失せても宇宙にほとんど何の空白をも齎《もたら》さないものとして提示されている。

もしすべての人間が、ひとり残らず伝染病にかかって死んでしまったら何が起きるだろう。何も起きはしない。地球は、人間がいなくなった状態でその動きを寂しく続けるだろうし、その歩みを数えるために、永遠にそれを測り続けてきた天文学者たる神以外の天文学者を必要としないだろう。地球に人間がいなくなっても、他の惑星の住民たちには何の変化もないだろう。彼らは地球がいつも通り動き続けるのを見るだろう。地球の表面では、われわれ人間がおこなったわずかの作業、われわれが建設した町々、われわれが残した記念建造物は、ライオンの支配のもとに帰った森に置き換わることだろう。宇宙にはいかなる空白も生じたようには見えないだろう。（第三四巻〔三五巻〕一五章）

このような、時間的な極大値のなかに自分が生きた時代を置こうとする姿勢は、さらに空間的な極大値のなかに自分が生きた空間を置こうとする姿勢とも繫がっている。次の一節は、最終巻で彼が自分の人生の総体をふり返って、その間に世界に起きた変化を総攬する記述のなかに見出されるものである。

大きく広がった科学に従って、多数の太陽が波となって漂う大海、この銀河、創造者の手が創り上げた光の原材料である諸世界が融解した金属のただなかに漂う、われらの弱々しい惑星を思い描いてみよう。星々はあまりにも遠くにあるので、その輝きはそれを見る者の目には、光の発生源であるそれらの星々が燃え尽きたときにしか届かない。人間が動き回っている原子の上の人間はなんと小さいことか。（第四二巻〔四三巻〕一八章）

『墓の彼方からの回想』は、フランス史の激動の時期を、その時代の動きから深甚な影響を受け、またその時代の動きに自らも積極的に関わろうとして呻吟《しんぎん》しながら生きた人物が残した、生彩に富み、また明晰な予見にも満ち満ちた回想録である。そのなかでも、「フランス革命」は巨大な事件であり、彼の人生観の大きな部分を決定したものだった。この事件が自分、そして自分の身近な人間に課した過酷な経験にもかかわらず、シャトーブリアンはこの事件をそれを越えた大きな社会的革命の過程として見据えるとともに、その時代を人間の巨大なエネルギーを凝縮し、巨人を生んだ時代と見なしている。同時に、そのような全体的過程そのものが、「永遠」までをも包含する巨大な展望に収められることによって、彼の記述がいっそう深みがあり、壮大なものにもなっていることが、この回想録の大きな魅力ともなっている。

註

（1）つまり、「急速に過激化してジャコバン独裁を招くようなことがなければ」、ということである。

（2）残念ながら『墓の彼方からの回想』の邦訳は存在していない。わずかに高校生用の抜粋であるクラシック・ラルース版からの翻訳がなされているが、大部の全編からするならば、きわめて部分的な翻訳に留まっている。またフランス語版においても、様々な理由から、現在出回っているふたつの主要な刊本で、ある部分を本文に含むか外すかの扱いの違いから章立て自体が異なっている。ジャン＝クロード・ベルシェによるポショテック版では全四十二巻、ジャン＝ポール・クレマンによるガリマール書店刊のカルト叢書では全四十三巻となっており、どちらの巻でもそれぞれの巻が複数の章に分かれている。本論における引用ではジャン＝クロード・ベルシェによるポショテック版の章立てにしたがって、巻番号と章番号を示す。ベルシェによる版とクレマンによる版で巻数が異なっている場合にはクレマンによる巻番号を〔　〕内に示す。たとえば、（第四二〔四三〕巻二章）という記述はベルシェによる版では「第四二巻二章」、クレマンによる版では「第四三巻二章」からの引用であることを示す。

シャトーブリアン『わが青春』真下弘明訳、勁草書房、一九八三年。

シャトーブリアン『墓の彼方からの回想』真下弘明訳、勁草書房、一九八三年。

Chateaubriand, *Mémoires d'Outre-Tombe*, 2 vols. Édition par Jean-Claude Berchet, La Pochothèque, Livre de Poche / Classique Garnier. 2004.

Chateaubriand, *Mémoires d'Outre-Tombe*, 2 vols, Édition par Jean-Paul Clément, Quarto, Gallimard, 1997.

（3）フランソワ＝ジョゼフ・フーロンは一七八九年ネッケルに代わり財務総監の地位に就いた。フーロンの婿ベルティエ・ド・ソヴィニはパリの地方総監だった。彼らは民衆を侮辱したとして告発され、グレーヴ広場に吊るされた。多くの人々にとってこの事件は革命が暴力化する最初の事件として記憶された。

（4）ティベリウス・ユリウス・カエサル（前四二－後三七）、ローマ帝国第二代皇帝、その専制で知られる。

（5）アレクシ・ド・トクヴィルは、シャトーブリアンの兄嫁の妹の息子に当たり、シャトーブリアンの兄の息子二人、すなわちシャトーブリアンの甥二人は、シャトーブリアンの兄とその妻の処刑後、この妹の一家、すなわちトクヴィル家に引き取られて養育されており、アレクシとシャトーブリアンの甥二人は一緒に育てられている。

（6）「現在フランスに存在しているのは王国ではなく共和国であり、しかも実を言えばもっともたちの悪い共和国です。この共和国は、あちらこちらから攻撃を受ける王権という胸当てを付けており、攻撃が政府そのものに及ぶのをその胸当てが妨げているのです」(第三四〔三五〕巻一三章)

(7) この章が書かれた一八二一年は王政復古期であり、貴族院と代議院からなる二院制の議会があった。

(8) ヴァンデ戦役の際にテュロー将軍によって組織された軍団で、一七九四年にヴァンデ軍を徹底的に壊滅させ殺戮した。

第三章

光と影のあざやかな演出

——バルザック『暗黒事件』

柏木隆雄

オノレ・ド・バルザック Honoré de Balzac（一七九九－一八五〇）

一七九九年トゥールに生まれ、法律を学ぶも文学を志し、ついで出版、印刷、活字鋳造を試みて失敗。一八二九年歴史小説『ふくろう党』で再出発する。以後復古王政、七月王政下のブルジョワ社会を活写する『人間喜劇』約九十篇を刊行、一八五〇年愛人ハンスカ夫人との結婚もつかの間、その年八月パリの自宅で没。ゾラの『ルゴン＝マカール叢書』に影響を与えた。スタンダール、ユゴーと並称される文豪。

『暗黒事件』*Une ténébreuse affaire*（一八四三）

一八四一年『コメルス』誌に連載、一八四三年スヴラン社から刊行される。『人間喜劇』中の「政治生活情景」を構成する一編。物語はシャンパーニュ地方の名家サン＝シーニュ伯爵令嬢ロランス、父侯爵のギロチン台での処刑後、亡命した彼女のいとこシムーズ兄弟を軸に、故侯爵の領地を革命のどさくさでわがものにした執政政府の大物議員マランと、その荘園の帰趨を巡っての攻防をテーマとする。マランのシムーズ兄弟を葬るたくらみに気づいた荘園の管理人ミシュが、恩人の遺児やその恋人ロランスを助ける獅子奮迅の活躍をみせる。一方執政政府の警察長官ジョゼフ・フーシェの密偵コランタンは、ロランスを中心とする王党派の動きを封じ込めようと彼女の城館にまで押し寄せて陰険な策略を巡らせる。物語は執政政府からナポレオン帝政、王政復古、さらに七月王政にいたる半世紀にわたる政治的駆け引きの中で翻弄されるヒロインたちの悲劇が、歴史的事象をたくみに絡めながら、最後のどんでん返しにまで息もつがせずに進んでいく。

　ナポレオンが戦争を果てしなく拡大していく十九世紀初頭のパリとアルシの町を舞台に、サン＝シーニュ嬢を軸に、彼女を恋する双子の兄弟、英雄的な従僕ミシュ、冷酷無比の密偵コランタン、若き弁護士グランヴィル、加えて皇帝ナポレオンや黒幕フーシェ、深謀遠慮のタレーランなどの歴史上の人物たちも、それぞれ不思議な魅力をたたえて躍動する歴史小説の白眉。

Ⅰ　革命の流れ

学生時代、フランス革命を専門とする教授から「何人もミシュレを知らずして革命の栄光を語れず、テーヌを知らずして革命の悲惨を語れない」と聞いたことがある。じっさい民主主義の理想的な形として頭に浮かぶフランス革命が、多くの史書を繙《ひもと》くと、じつは様々な権力構造や群集心理、陰険な策謀や金銭欲に駆られたドラマが、幾重にも折り重なって進行することに驚いてしまう。

すでによく知られたことながら、一七八八年から一八四八年までのフランスの歴史を簡単に振り返ってみよう。

長年にわたる対外戦争や宮廷の乱脈による国庫の疲弊で、身動きが取れなくなった王政は、一七八八年二月に「名士会議」を招集。王側の改革に旧来の既得権が失われるのを嫌った高等法院が、あからさまな反対を表明して、同年五月に招集された「全国三部会」開催後の紆余曲折のあと、一七八九年七月十四日民衆のバスティーユ牢獄襲撃で革命の火ぶたが切られた。以後一七九二年八月十日王権停止、翌九三年一月二十一日のルイ十六世処刑、国民公会主導の共和政の進行と、フランスでは驚天動地の事件の連続となる。さらに一七九四年春以降の山岳派《モンターニュ》のロベスピエールの実権掌握と、ダントンなど革命の諸雄を処刑する恐怖政治、同年七月二十七日の「テルミドールの反動」でロベスピエールおよびその一派が断罪され、同年十月五日ヴァンデミエールの「王党派蜂起事件」で、バラスを中心とする総裁政府が出現、その庇護を得た青年将軍ナポレオン・ボナパルトが台頭して、一七九九年革命暦ブリュメール十八日（西暦同年十一月九日）のクーデタとなるなど、一度転がりだしたフランス国の情勢は変転止まず、弱冠三十歳のボナパルトが権力を掌握して執政政府を牛耳り、ついには一八〇四年十二月皇帝に昇りつめ、対仏同盟を組んだヨーロッパ各国と対戦、幾多の戦勝を得てヨーロッパ大陸を席巻する。

しかし連戦連勝のナポレオンの運命は、一八一二年のモスクワ遠征の失敗から暗転、一八一四年四月六日フォンテーヌブロー宮での皇帝退位、そのわずか一年後の「百日天下」を経て、ルイ十八世による一八一五年六月の「王政復古」となるものの、十五年後のパリ蜂起による七月革命によって、ブルジョワ勢力に担がれたブルボン王朝の傍系オルレアン公ルイ゠フィリップが立憲君主として玉座につく。ところがこれまた二十三年後の一八四八年二月革命が勃発。数年も経ぬうちに、第二共和政はナポレオン三世によるクーデタで崩壊して、一八五二年には第二帝政が成立する。

せいぜい半世紀あまりのこうしたフランスの歴史をなぞるだけで、よくぞまぁ、これほど短い期間に、政治、社会秩序の根底を揺るがすような事件が連続したものだ、とため息さえつきたくなる。とはいえ、これら半世紀の有為転変の根本が、一七八九年のフランス革命にあることは間違いない。

II　フランス革命の影

十九世紀フランスの文学事象に限ってみても、フランス革命の影響がはっきりと表れている。マラー、ダントン、デムーラン、エベールなど革命の論客は、それぞれの思想に応じた新聞やパンフレットで獅子吼《ししく》した。革命前の一七八六年に一六紙だったものが、一七八九年には一七五紙、革命翌年にはなんと二五八紙に跳ね上がり、以後も百紙以上の新聞紙が、革命の最中《さなか》フランス国内外で創刊されたという(1)。

雨後の筍のように相次いで生まれ出た新聞、雑誌は、一八二〇年代に「剣に倚《よ》るよりペンで」立たんとする、いわゆるナポレオン世代よりも「遅れてやってきた青年たち」の活躍の場となった。ナポレオン戦争後のフランスで、戦勝国の英国趣味が文学において顕著になり、バイロンやウォルター・スコットなどのロマンティックな詩や歴史小説がもてはやされて、それらを模した作品が書店に氾濫する。一八二〇年代初頭におけるパリの出版、ジャーナリストの生態を描いたバルザックの『幻滅』第一部（一八三七）は、地方からパリに上って一旗あげようという若者たちを活写して余すところがない。

シャトーブリアン、アルフレッド・ド・ヴィニー、ラマルティーヌ、ユゴーなど、フランス・

ロマン主義を開花させた詩人たちの著作には、過去三十年の激しい政治的狂乱の影がまぎれもなく落ちかかるが、小説においては、革命期、帝政期、そして王政復古期の半世紀以上にわたるフランスの足跡が、そこかしこに物語展開の重要な軸として鏤《ちりば》められている。

のちの青年詩人たちに大きな影響を与えたシャトーブリアンの『アタラ』（一八〇一）、『ルネ』（一八〇二）は、彼が大革命の喧噪を避けてアメリカに半年近く過ごした成果として、いわゆる「世紀病」と呼ばれるロマンティックな詩情で一世を風靡し、ヴィニーの『軍隊の屈従と偉大』（一八三五）は、第一話「赤い封蠟」のエピソードが「執政政府」の時代、ギロチンに代えて犯罪者をギアナ島に送る「乾いた処刑」に題材を取り、第二話「ヴァンセンヌの火薬庫」は革命前から復古王政まで生きた一人の軍曹の悲惨な体験、第三話『ルノー大尉の生と死　籐の杖』はナポレオンのモスクワ遠征から七月王政期まで、一人の軍人の生を沈痛なペンで辿ったものだ。

ユゴーの『死刑囚最後の日』（一八二九）は、復古王政の最後の年に発表されて、同時期の一死刑囚の手記の形を取りながら、大革命以来、医師ギヨタンが発明したギロチン台に上ってきた死刑囚たちの苦渋や絶望を露わに描き、大作『レ・ミゼラブル』（一八六二）においては、一七九六年執政政府の時に、一片のパンを盗んだ罪で十九年間徒刑場にやられていた男が、南フランスの町ディーニュの司教館に現れるところから始まって、王政復古期から七月王政成立までのフランスを舞台に、各世代間のドラマが繰り広げられる。主人公ジャン・バルジャンがナポレオンと同じ生年に設定されているところに、王党派、ボナパルト派、共和派と政治的立ち位置を経てきたユゴーの歴史観が窺えよう。

ユゴー晩年に至っての『九十三年』（一八七四）は、まさしく革命の嵐が最も吹きすさび、ルイ十六世の処刑に続く、マラー、ダントン、そしてロベスピエールが恐怖政治を布《し》く中、ブルターニュでの王党派に呼応した農民たちが引き起こしたヴァンデ戦争をテーマに、王党派の巨魁《きょかい》ラントナック老侯爵と、革命委員会から派遣される激越、厳格な元修道士のシムルダン、少年時代に彼の教えを受けた理想主義的な共和主義者の青年士官ゴーヴァンの三人の運命的な対決の中に、七十年にわたる作家ユゴーの政治遍歴から俯瞰《ふかん》されるフランス革命が総括されている。

シャトーブリアンと同世代であるスタンダールの『赤と黒』（一八三〇）や『パルムの僧院』（一八三九）のいずれにおいても、ナポレオンの第一統領時代からワーテルロー、そして復古王政の中に、ナポレオン崇拝の青年が辿る運命が、冷厳なペンで描かれているが、そこにもフランス革命の余波が渦巻いている。(2)

ではフランス革命を扱った数多い文学作品の中での白眉は何か。バルザック『暗黒事件』（一八四二）をその第一として指を屈したい。

Ⅲ　バルザックとフランス革命

『暗黒事件』（一八四三）の作者バルザックは、一七八九年のパリ民衆によるバスティーユ攻撃から十年後、ブリュメール十八日のクーデタでナポレオンの執政政府ができる一七九九年の五月に誕生。父ベルナール＝フランソワは、ルイ十五世の閣僚を務めたアンリ・ド・ベルタンの秘書として精励、革命の際には共和派としてうまく立ち回り、革命の混乱を乗り切った人物で、ブルターニュにおける王党派が起こしたヴァンデの乱では、執政政府軍の糧秣を手配する任務を果たし、当時トゥールで軍の糧秣《りょうまつ》部長や市の助役としてはぶりをきかせていた。その三十二歳年下の母アンヌ＝シャルロット・ロールは、革命の嵐吹きすさんだパリ商人の娘である。

両親、またその周辺、さらに青年期に彼が親しくなった年長の女性たち、たとえば王妃マリ＝アントワネットの小間使いだった母を持つベルニー夫人や、革命軍およびナポレオン軍で有名を馳せたジュノー元帥の妻ダブランテス夫人などから、生々しい革命の諸事件についてバルザックは事細かな知識を得たに違いない。彼が壮大な意図のもとに二十年の歳月をかけて書き続けた『人間喜劇』およそ百篇は、デビュー作『ふくろう党』（一八二九）を始めとして、それこそ大革命から一八四八年の二月革命まで、執筆したほとんどすべての作品に、フランス革命に関わる諸事件が影を落としている。

ユゴーが七十歳を過ぎての作品『九十三年』は、王党派、共和派、そして老年、中年、青年と三世代が、自己の信念に基づいて、ブルターニュの地で起こったヴァンデ戦争下で互いにしのぎをけずる一大ロマンで、ユゴーの青春が呼び覚まされる観がある。一方同じ題材を扱ったバルザック三十歳の『最後のふくろう党　あるいは一七九九年のブルターニュ』は、一八〇〇年の農民蜂起を執政政府が鎮圧した事件を背景とする。農民ゲリラを指揮するブルターニュ貴族モントラン侯爵と、革命政府フーシェの意を受けた密偵コランタンに使嗾《しそう》されて侯爵を誘惑する大貴族の庶子ヴェルヌイユ嬢との愛憎相半ばするドラマティックな成り行きや、ナポレオンの独裁的傾向に疑念を持ちつつ共和政を奉じる指揮官ユロ、同志モントラン侯爵をひそかに愛するデュ・ギュア伯爵夫人、さらに神出鬼没のマルシュ＝ア＝テールたちふくろう党の革命軍との火花を散らす攻防など、ウォルター・スコット流の歴史小説の流儀を踏まえながら、波乱万丈の展開を楽しませる。

『現代史の裏面』（一八四二－四四）は、そのふくろう党の蜂起を背景に織り込みながら、革命以来運命が変転したラ・シャントリ男爵夫人が、夫の借財や失踪など苦労を重ねたあげく、娘の夫とその一味が引き起こした現金輸送馬車の強奪事件の巻き添えとなって、娘は刑死、彼女も入獄の憂き目を見ながら、王政復古後出獄すると、「慰めの兄弟会」をひそかに組織して不幸な人々を救う話だ。かつて冤罪《えんざい》の彼女を厳しく断罪した帝政期の検事総長が今や貧苦にあえぐのを、恩讐を越えて「慰めの兄弟会」のメンバーの手で救い出す。その中心となるパリの小売商の息子ゴドフロワ、代訴人の書記だったアランなど、いずれもプティ・ブルジョワであることも、七月王政下の時代のブルジョワ覇権を言外に映し出している。

そして恐怖政治の時代、深夜のパリでカトリック司教が潜む家に現れ、彼にミサを依頼する屈強な男が、ギロチン台で多くの首を刎《は》ねたサムソンその人であったという『恐怖時代の一挿話』（一八三〇）、同じ時期、国境に迫る王党派亡命貴族と外国軍とを迎え討ったために、革命軍の徴募兵が多く集められたが、低ノルマンディー地方のカランタンの町に革命を避けて潜む貴族夫人が、亡命貴族軍に与《くみ》した息子が脱走して国境を越えると知らされ、必死の思いで再会を願っているところに、たまたま一人の徴募兵が屋敷を訪れて悲劇が起こる『徴募兵』（一八三一）、『カトリーヌ・ド・メディシスについて』（一八四一）の第三部『二つの夢』（初出一八三〇年）では、バスティーユ攻撃事件のほぼ二年前、財務長官カロンヌ邸での晩餐の席で、無名の弁護士ロベスピエールと奇矯な外科医マラーが、相客たちに自分の見た夢を語って、革命後の二人の運命を暗示するなど、直接革命期に題材をとった作品も多い。

革命を直接題材としていなくても『人間喜劇』に収まる諸作は、一八一一年から物語が始まる『ルイ・ランベール』（一八三二）から一八四五年を背景とする『いとこポンス』（一八四七）まで、帝政期から七月王政の各年にわたって、(3) 大なり小なりフランス革命の影をとどめないものはない。中でも『暗黒事件』（一八四一年初出、一八四三年刊）は、もっとも鮮やかにフランス革命の諸相を剔抉《てっけつ》する。

Ⅳ　『暗黒事件』の登場人物たち

小説の舞台はシャンパーニュ地方のオーブ県、時はナポレオン帝政一年前の一八〇三年。開巻冒頭にシムーズ侯爵の旧領ゴンドルヴィル庭園の管理人ミシュが登場する。彼は革命期にアルシの町のジャコバン会長として多くの人間をギロチンに送り、革命裁判所長の娘マルトを妻として、一人息子のフランソワがいる。

ミシュの管理する広大な庭園は、侯爵の刑死後、その執事の孫で弁護士のマリオンが買い取ったが、実は共和制政府で権勢を振るう国民公会議員マランが、腹心の公証人グレヴァンの協力で、マリオンの名義で手に入れたのだ。ミシュを管理人に据えたのは、故侯爵に子供の頃から仕えていた彼の動きを監視するためだった。

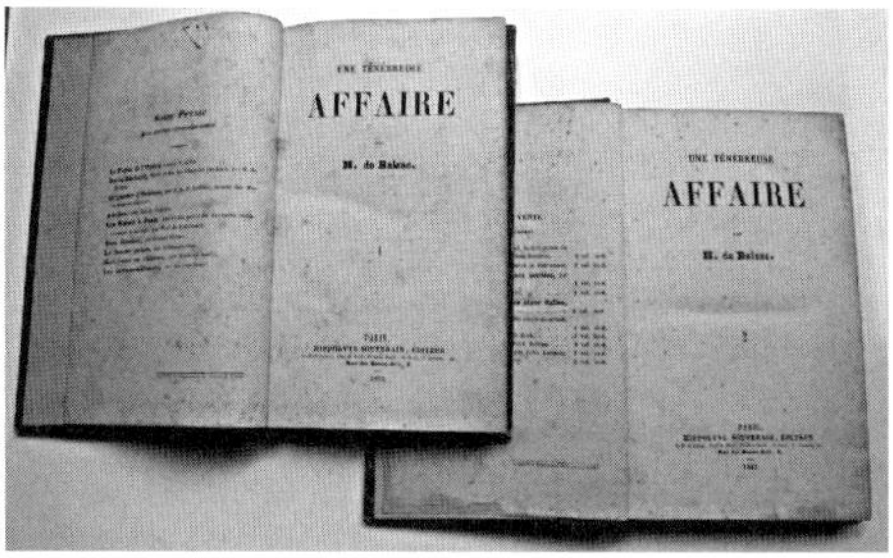

図１『暗黒事件』(1843) の初版扉

マランは一介の石工の孫ながら革命期に議員となり、今や政府の枢要にある。彼こそはシムーズ侯爵を断罪した張本人で、侯爵の双子の息子や彼らのいとこサン＝シーニュ伯爵嬢ロランスの激しい敵意の的でもある。マランは侯爵夫妻処刑の直後、サン＝シーニュの館に潜伏するシムーズ兄弟を捕らえようと群衆と共に押し寄せ、ロランスに手ひどく追い返された。シムーズ兄弟は亡命して国外に逃れ、下僕ミシュは革命派に変じてアルシのジャコバン会長となり、恐怖政治が終わると、マランが実質の主たるゴンドルヴィルの管理人となり、皆から「裏切者」と罵られる。

孤児となったロランスは、縁者のドトセール卿夫妻に引き取られてゴンドルヴィル庭園に近いサン＝シーニュの城館に移り、コンデ公指揮下に国境に集結する亡命貴族軍に属したシムーズ兄弟と連絡を取りながら、彼らが加わる第一執政ナポレオン打倒の陰謀の成就を期している。

ここでもう一人重要な人物が登場する。国内外の王党派が外国勢と企てた反ナポレオンの陰謀に、政府要人であるマランが加担しており、王党派に与《くみ》してナポレオン転覆に賭けるか、ナポレオン側に寝返るか、腹心のマリオンと相談しようと領地に戻ったそのマランに不審を抱いた警察長官ジョゼフ・フーシェが、警察官僚のペイラードと共にゴンドルヴィルに送り込んだ密偵コランタンだ。

シムーズ兄弟を罠にかけるマランの計画を盗み聞いたミシュは、元ジャコバンの仮面を脱ぎ捨て、妻のマルトに急を激烈な王党派のロランスに告げさせる。国境にいたシムーズ兄弟と同行のドトセール兄弟の四人は、ミシュの助けで領地内のノデームの森に辿り着く。まさにその頃、伯爵嬢の城館をコランタンたちが急襲。ゲームに興じていた親戚のドトセール夫妻やグジェ神父たちが恐慌を来す中、シムーズ兄弟を無事匿《かくま》いおおせたロランスが帰還、城館に必ず亡命貴族が潜むと睨《にら》むコランタンとの息詰まる対決はロランスの勝利となる。ミシュが一枚嚙むことを疑わぬコランタンは、ミシュを尋問するが、これもいいようにあしらわれて引き下がるしかない。

かつてマランが少女ロランスの侮蔑に憤怒を抱いたように、陰険冷酷なコランタンは、ミシュへの復讐をも心に刻んで、第一部「警察の憂鬱」が閉じられ、牧歌的な恋愛劇から始まる第二部「コランタンの逆襲」は、それが一気に暗転する悲劇となる。

陰謀破れたシムーズ兄弟とドトセール兄弟は、恩赦を受けてサン゠シーニュの館でロランスと過ごす幸福な日々。ロランスはシムーズ兄弟の双方から熱愛され、ドトセール兄弟の弟アドリアンもひそかに恋焦がれている。その間ナポレオンは皇帝となり、マランは元老院議員にまでのし上がってゴンドルヴィル伯爵となった。シムーズ、サン゠シーニュ両家への忠誠を晴れて示せるミシュは、ゴンドルヴィルの旧侯爵領地をマランから買い戻すべく、故シムーズ侯爵が生前ノデームの僧院跡に埋めておいた莫大な金貨を、四旬節の祭日に遺児たちとサン゠シーニュの館へ運び込む。

事件はその日に起こる。大半の金貨を城まで運び、最後の一袋で終了となるちょうどその頃、パリからゴンドルヴィルの館に戻っていたマランを、暴漢五人が襲って誘拐。折しもその庭園で煙が昇り、それを訝《いぶか》ったロランスが馬で駆け付けるところを、小作農ヴィオレットに見とがめられる。事件後、彼はマラン誘拐の犯人五人がシムーズ兄弟、ドトセール兄弟に似ていたと言い、とりわけ首魁《しゅかい》はミシュにそっくりと証言した。マランに恨みを抱くのは兄弟たちのほかいない。謹慎中の彼らの犯行に世間の目は厳しく、弁明も聞かれぬままに逮捕、トロワでの裁判となるところで第二部が終わる。注目すべきはタイトルに「コランタンの逆襲」とあるのに、そのコランタンはここではただの一度も登場しない。作者の巧みな暗示が隠されていると見るべきだろう。

第三部「帝政時代の政治的裁判」は、手に汗握る白熱の法廷から始まる。裁判の成り行きを心配するサン゠シーニュ家の本家シャルルブフ老侯爵は、老練な代訴人ボルダンと若手の有能な弁護士グランヴィルを紹介。ミシュの行動こそが裁判の決め手と見たグランヴィルは、犀利な論理と雄弁で、被告人全員無罪へと導きかけた。

ところが魔の手がミシュの妻マルトを襲う。彼女はマランが幽閉される僧院跡の地下牢に偽手紙で誘《おび》き出され、秘密裡に食事まで運ばされる。判決当日の朝、マランが生きて街道に置き去りにされた形で発見され、彼と二人証言台に立たされたマルトは自責の念から死に至る。弁護士グランヴィルは、マラン誘拐の際の煙の正体こそ事件の鍵として追及するが、当時屋敷にいたグレヴァンとマランは口を鎖《とざ》す。マランは、マレンゴで危機にあったナポレオン転覆の陰謀に加担はしたが、計画の破綻を見て、証拠となる大量の書類をグレヴァンと城館で焼き捨てるために戻ってきていたのだ。裁判長はグランヴィルの主張を正しいと確信しながら、有罪で固まる陪審員たちの心証は変わらず、貴族たちは懲役、ミシュは死刑となる。

ロランスとその本家筋にあたるシャルルブフ侯爵はなお希望を捨てず、時の実力者タレーランを頼って恩赦の道を探ろうとする。タレーランは彼女につながる人々を陥れたのが密偵コランタンにほかならぬことをロランスに悟らせ、戦場の皇帝に彼女が直接会って懇願することを勧めた。じつはナポレオン転覆の陰謀には、タレーラン自身も関わっており、シムーズ兄弟の不幸に報いようとしたのだ。

一八〇六年十月、ロランスは老侯爵と馬車を飛ばしてイエナの戦場に辿りつき、偶然通りかかったナポレオンに直訴。ロランスの気丈さに皇帝は兄弟に恩赦を与えて従軍させる。兄弟はいずれも戦死し、ドトセール兄弟の弟アドリアン・ドトセール一人が辛うじて帰還して傷心のロランスと結婚、恩赦に与《あずか》らなかったミシュは従容《しょうよう》として断頭台に消え、息子フランソワはロランスの後見で法曹界に入って第三部が終わる。

「結末」は、七月革命後の一八三三年パリのカディニアン大公夫人のサロンが舞台だ。亡夫とその両親の積年の蓄財によって、領地のほかにパリの邸宅を擁する資産家となったロランスは、ルイ＝フィリップの立憲君主制を認めぬ正統王朝派ながら、社交上、彼女の一人娘を息子の結婚相手と望むカディニアン大公夫人邸に、娘と共に顔を出したその時、ゴンドルヴィル伯爵マランが現われる。不倶戴天《ふぐたいてん》の彼との同席を潔しとしないロランスは、娘を連れて辞去。それを息子との婚約の拒絶と見て失望する大公夫人に、同席した時の宰相アンリ・ド・マルセーが、ナポレオンの一八〇〇年のマレンゴ危機に乗じたクーデタに加えて、マランが深く関わった数々の陰謀の内幕や、ミシュたちが被《こうむ》った災厄の根源が、実はルイ十八世がその中心にあったことを暴露し、その謎解きをロランスにしてやれば、彼女と和解が図れると大公夫人に勧めて物語が閉じる。

V 『暗黒事件』が語るもの

以上の梗概、なるべく分かりやすく書いたつもりだが、他のバルザックの小説以上に物語の展開が行きつ戻りつするので、少し詳しく説いた。『暗黒事件』の初稿では、現行の「結末」部分、ド・マルセーが説く一八〇〇年のナポレオン打倒のクーデタ計画から叙述が始まり、以後時間的経過に従って展開する。しかしありきたりの歴史小説の手法を捨てて、事件の核心をなすミシュとロランスそしてコランタンの三者が、三つ巴になって物語を引っ張っていく、その真っ只中に読者を巻き込んで、三者それぞれの状況を説く段階で、事件の相貌が少しずつ明らかにされる方法を作者は最終的に選ぶ。それによって、訳のわからぬ闇の中に登場人物が押し込まれ、訳のわからぬままにその闇から逃れようとする必死の姿が、闇に巻き込まれた彼らと一緒になって突き付けられた謎を解いていく気分で読み進める読者に、切実な形で現われてくることになった。

美貌で勝気なロランスを中心として、彼女の愛する人々が被る冤罪事件を山場に、執政政府から帝政に向かう波瀾の歴史を背景にして、ロマンスと陰謀が華麗かつ壮大に展開されて、哲学者アランをはじめ多くの批評家が『暗黒事件』を高く評価するのも頷《うなづ》ける。

とはいえ、この小説の凄さは、血湧き肉躍る恋愛冒険もの、無実の者が陰険な罠に陥れられる推理小説もどきの面白さを兼ね備えているだけではない。フランス革命を背景として展開する他の同時代の作家の著作やバルザックの諸作品と較べて、抜きん出てフランス革命の光と影の諸相を鮮やかに描き出しているところにある。

梗概で説いたとおり、物語はナポレオンの第一執政政府の一八〇三年に始まり、山場《やまば》が帝政最盛期の一八〇六年、「結末」が一八三三年、七月王政下の社交界でのマルセーの種明かしで終わる。この時代設定はまことに巧妙。本文をよく読めば、一見ナポレオン伝説に乗る筋立ての中に、一七八九年の革命から七月王政にいたるまでの半世紀を代表する様々な階層の人間が、それぞれどのように革命期に動いたか、革命期のそれぞれの時期、それぞれの階層的特徴を示す形で活写されていることに気づかされる。フランス革命に関わる年表を思い浮かべて頂きたい。主人公サン゠シーニュ伯爵嬢を始め、小さな脇役にいたるまで、『暗黒事件』は、フランス大革命の栄光と悲惨を鮮やかに映し出して遺憾がない。

たとえば圧倒的存在感を示すロランスの最初の登場が、仇役《かたき》の国民公会議員マラン、後のゴンドルヴィル伯爵の最初の登場と重なることに注目する必要がある。名家サン゠シーニュ伯爵の称号を持つロランスは、ナポレオンの第一執政政府の当時、革命の英雄、共和主義のマラーを単身襲って刺殺したシャルロット・コルディの肖像画を、憚《はばか》ることなく堂々と自室に飾って、徹底した王党派であることを誇示する。

一方のマランは、ロランスの祖父サン゠シーニュ侯爵の城壁を積んだ石工の孫で、(4) 一七八七年バスティーユ攻撃の二年前、のちの山岳派の大物ダントンに書記として雇われ、一七九三年に国民公会議員に選ばれた典型的な革命便乗派のブルジョワだ。国民公会派遣議員として、トロワのサン゠シーニュの館を暴徒と共に襲撃、十二歳の少女ロランスが初めて登場して、乗り込んできたマランを毅然と追い返す場面。

「いったいどういうことなのです?」なぜ抵抗するか、と聞かれたロランスはすぐさま応

図 2　サン＝シーニュの城館に押し寄せる群衆

図 3　ロランスやシムーズ兄弟に詰問されるマラン

じた。「フランスに自由を与えたいとおっしゃるあなたが、自分の家にいる人間を守らないなんて！　私たちの館が壊され、私たちは殺されようとしているのですよ。だのに、私たちには力には力で対抗する権利が無いっておっしゃるのです？」

マランの足は釘付けになった。

「あんたは大侯爵がお城を建てる時に雇った石工の孫息子じゃないか」とマリ＝ポールが言った。「あんたは私たちの父を牢獄へ引っ張って行かせたばかりだ。中傷をうまく利用してね！」

「すぐ釈放されるようにしますよ」とマランは答えた。痙攣したように銃を動かしている若者たちを目の前にして、彼は自分が窮地に陥っていることに気づいた。

「その約束が本当なら命は助けてあげよう」

と重々しくマリ＝ポールが言った。「だが、もしその約束が今夜のうちに果たされなければ、痛い目に会いますよ。さぁマラン先生、出ていくんだ！」

「大声で叫んでいるあの者たちに」とロランスが言う。「引き返すよう命じなければ、最初の一発はあなたに向けられますよ。さぁ、マランさん、出てお行きなさい(5)！」

マランに向けたロランスの侮蔑に満ちた言葉は、四十年後の一八三三年のカディニアン大公夫人のサロンで、今やゴンドルヴィル伯爵と成り上がったマランが現れるや、さっさと退出し、それがマランの悪行の一切が暴かれる「結末」の場面と表裏一体となって、半世紀近くに及ぶロランスとマランの戦いが完結する。

サン＝シーニュ侯爵夫人はド・マルセーの挨拶を受けたが、それはいわゆるオーストリーの宮廷がサン＝トレール卿〔王政復古下の自由主義議員で、当時ウィーンの大使〕の挨拶を受けるようなものだった。この社交に長けた人間は、大臣としての態度を取らなかった。けれども彼女は、まるで彼女の席が赤く焼けた鉄でできているかのように、びくっと飛び上がった。ゴンドルヴィル伯爵の来訪を告げる声が聞こえたのだ。

「失礼します。奥様」と彼女は大公夫人にそっけない声で言った。

彼女はあの不幸をもたらした男と出会《でくわ》さないよう、歩数を測りながらベルトと一緒に退出

した。(6)

革命の動乱によって主要な財産を奪われた少女ロランスが、わずかに残された領地とサン＝シーニュ伯爵の名を維持して、反革命の亡命貴族《エミグレ》たちと連携し、事が不首尾に終わった後も、革命の最後の覇者ナポレオンに従属をうべなわず、イエナの戦場で圧倒的なナポレオンの力を目の当たりにして、ついに沈黙するものの、王政復古から七月王政にかけて生き残る知恵を発揮するのは、まさしく強《したた》かな旧貴族の一つの典型を示すだろう。

上級ブルジョワに成りおおせたマランもまた、革命の九三年体制に巧みに滑り込んで権力の内側に入り、旧主である大貴族の宏大な荘園をわがものとしつつ、九四年の恐怖時代の間は息をひそめ、執政政府では法律知識をナポレオンに買われて「法典」の整備に参加するなど要職に就き、その間もルイ十八世と結びつきながら、利を見て、いずれにもひっくり返る。すなわち復古王政、七月王政の際にも、みごとに権力側について生き延びるブルジョワの格好のモデルがそこにある。

VI　フランス大革命の縮図としての『暗黒事件』

フランス革命における基本的な要素、キリスト教の否定、すなわち王権に代表される絶対的権力の否定と私有財産の保証、教会財産、亡命貴族の資産の没収と売却によって、それを破格の価格で手に入れた農民、ブルジョワが、今度は私有財産権に固執する。(7) その一つの典型的世渡りが、王党派貴族ロランスと政治的ブルジョワの典型マランとの半世紀にわたるせめぎ合いによって体現されている。言わば『暗黒事件』の図式そのものが、シムーズ侯爵の領地ゴンドルヴィルを巡って、革命に乗じて、それを巧妙にわがものとした石工の孫が、元の持ち主の亡命貴族シムーズ兄弟の帰国によって、私有財産としたのを取り戻されるのを恐れて、ルイ十八世を中心とする王党派によるナポレオン打倒の陰謀を利用し、兄弟たちに罠をしかけたことから起こるドラマなのだ。

マランだけではない。シムーズ侯爵の下僕であったミシュが、なぜ仇《かたき》であるはずのマランの所有する旧主の大庭園の管理人に甘んじているのか、その真意と行動を見張るために、マラン一味がスパイに仕立て上げている貪欲な小作人ヴィオレット。革命時に小作人の彼は、自作農になれるよう、ひたすら安い払い下げの農地を買おうと躍起になる農民の典型として描かれており、彼はひたすら賃貸料の軽減と自分の農地の獲得に血眼《ちまなこ》になり、貴族たちを斜に構えて見る。

またロランスの館に潜伏するシムーズ兄弟の逮捕に協力するサン＝シーニュの村長グラールは、もともとサン＝シーニュの屋敷の厩番《うまやばん》だったのが、革命政府が売却する国家資産を買って金持の商人の娘と結婚、たちまち村の有力者となる革命時の成り上がりの一つのタイプにほかならない。せっかくロランスの身元保証人になると申し出たのに、旧主のロランス嬢が無視したことで腹を立て、以後グラールが彼女に敵対するのは、根強い階層差別が貴族ロランスにもあり、そして従来の上層階級に対して、今や対等、あるいはそれ以上であろうとするブルジョワ、上級農民階層の心理をよく表すだろう。

小説の実際の主人公であるかのごとく獅子《しし》奮迅《ふんじん》の活躍をするミシュは、物語の途中で元ジャコバンの仮面を脱ぎ捨て、恩義のある故シムーズ侯爵の遺児兄弟のために粉骨砕身する。貴族粛清の恐怖政治の嵐が吹きすさぶ中、アルシの町のジャコバン派会長となったのは、シムーズ侯爵を密かに守るためだったが、多くの人をギロチンに送ることも余儀なくされた。ジャコバンの縁で妻としたマルトは、革命時に盛んに持ち上げられた「理性の祭典」の際には「自由の女神」に扮して町を練り歩かされたりする。こんなエピソードを挿入するところにも、恐怖時代を生き抜くことに必死な庶民の知略を示すとともに、「理性」とは裏腹な狂気が横行したフランス革命の生々しい当時の記憶を呼び覚まそうとする作者の意図を見ることができる。

ゴンドルヴィルの当主シムーズ侯爵夫妻が共にギロチンに架けられ、双子の息子は亡命して王党派の貴族たちと反革命を画策する。ここにも亡命《エミグレ》貴族たちの生態が具体的な形で書き込まれている。シムーズ兄弟がロランスの導きでサン＝シーニュの館に逼塞《ひっそく》して暮らす際、農民やミシュに対する尊大な態度や、マランとの和解を説く本家のシャルジュブフ老侯爵を老いぼれ扱いしたり、裁判で被告となりながら、昂然と振舞って陪審員たちの心証を悪くするなど、それこそ「何も学ばず、何も忘れぬ」（タレーランの言葉とされる）旧貴族そのままの姿が写される。さらに縁者として少女ロランスを引き取ってサン＝シーニュの館で育て、暴徒たちに略奪された土地や家具、調度類をコツコツ買い戻しながら、領地の経営に区々として勤しむドトセール卿は、革命の嵐に身を屈して、しかもしぶとく生き残る地方の旧貴族の典型をよく示しているだろう。

ここで影の主役ともいうべきコランタンを忘れてはならない。フーシェと特別な関係、おそらくはその私生児と仄《ほの》めかされて、革命期からナポレオン帝政期まで、一貫して警察組織を陰に陽に支配してきたフーシェの手足となり、冷徹な策を巡らせ、徹底的に秘密を暴く術に長けた密偵コランタンこそは、その時代の影の部分の一つの象徴と言っていい。

確かに『暗黒事件』そのものを見れば、マラン誘拐事件に発するシムーズ兄弟の冤罪裁判が大きな山場で、老巧で人情に厚いながらも冷静な判断を示すシャルジュブフ侯爵、明快な論理と深い経験に基づく人間味あふれた代訴人ボルダン、明敏、怜悧な法曹でありながら、恋愛沙汰で出世を棒に振り、それでもその辣腕を示さずにはいられない陪審員長ルシェスノーの秀才魂、なかでもミシュの弁護を引き受けるグランヴィルの胸のすくような推理と、検察官の論法を逆手に取って鮮やかに論破する彼の活躍を描く裁判の場面は、抜きん出て異彩を放つ。

しかし、あたかも大仕掛けな陰謀事件に見えるこの事件は、そもそもコランタンがロランスに屈辱的に扱われ、その上ミシュに手玉に取られたという、たった一度の恨みを晴らすために彼が仕掛けて成功させたもので、シェイクスピア『オセロー』のイヤーゴーが、まことにさもしい動機で、英傑なオセロー将軍に嫉妬の罠を仕掛け、彼の妻デスデモーナをも道連れに破滅させる大罪に倣《なら》う。マランもまたおのれの私欲を公的な権力に代弁させて陰謀の限りを尽くしてやまない。

こう見て来れば『暗黒事件』の登場人物の一人一人が、作家の明確なヴィジョンの下に、物語の展開に応じて、寸分の乱れもなく、実にみごとなメカニズムで、一七八九年の革命勃発から一八三〇年の七月王政までの歴史の中に描かれていることが理解できよう。しかもこの小説の面白さは、バルザックが作り上げた架空の人物たちを覆うかのように、歴史上の実在の人物である皇帝ナポレオンが、あたかもフィクションを成立させる大きな力としての歴史が、現前する形で登場することにある。イエナ戦場でのロランスと皇帝の面会は、その最高の形で読者にせまってくる。そして、それとははっきり見えぬものの、物語の背後の闇から、眼光を炯々《けいけい》と貫かせているジョゼフ・フーシェの慄然とする人物像が、怪しげに浮かび上がってくるはずだ。

フーシェはイエナ戦場のナポレオンのように、『暗黒事件』の中に直接登場することはない。むしろ本文の語りや登場人物たちの述懐の中に、影絵のように出現する。しかし小説の中で、たとえばシムーズ侯爵の館が十七世紀の建築家マンサールによって建てられたことの強調は、国民公会派遣議員としてリヨンに赴いたフーシェが、悪名高い殺戮をしてのけた際にマンサールの壮麗な城館を破壊した事実を読者に想起させるだろうし、マランの二股も三股もかけるカメレオン的処世は、ツヴァイクがその著書に克明に描くフーシェの振る舞いに較べれば、何とも小粒だ。マ

図4 『フーシェ回想録』(1824)の肖像画

図5 1855年刊マレスク版『暗黒事件』挿絵のコランタン（左から2人目）

ランはむしろ読者にフーシェを思い浮かべさせる一つの人形ではないか。[8]『暗黒事件』の「序文」でクレマン・ド・リ誘拐事件（一八〇〇年九月）に言及するのは、読者の想像をマラン＝フーシェ説を逸《そ》らせるためかも知れない。英雄ナポレオンでさえ、なにか曲者《くせもの》ぞろいのフーシェやタレーランに操られる人形のように見えてくるではないか。[9]

「結末」においてアンリ・ド・マルセーが暴《あば》く一八〇〇年のマレンゴの戦いの最中《さなか》、タレーランとフーシェ、革命時『第三身分とは何か』を著して名を挙げ、総裁政府幹部の一人ともなるシエーエスが、ナポレオン敗退を予想して新政府設立を鳩首《きゅうしゅ》する場面は象徴的だ。この場にマランがちゃんと聞き耳を立てているのである。

『暗黒事件』の人物たちについて、たとえばマランとコランタンがそれぞれ実在のフーシェの一

図6 1846年刊フュルヌ版『人間喜劇』挿絵のミシュ

面を、ロランスはシャルロット・コルディを、いかつい顔のジャコバン派を演じるミシュが大革命の雄ダントンを、老巧な老侯爵シャルジュブフがタレーラン侯爵を、それぞれなぞりながら物語を織っているとすれば、最後の「結末」でのマルセーの謎解きにおいて、架空の登場人物たちになぞらえられる歴史上の人物たちの登場は、まさしく画龍点睛《がりょうてんせい》入るの感がある。(10)

ミシュが物語に登場した時、その魁偉《かいい》な容貌とともに、人々から「裏切者のユダ」と呼ばれていたことを思い出そう。「裏切者」という言葉こそは、『暗黒事件』におけるキーワードとなるものだ。この物語は登場人物のすべてが、何らかの形で誰かに裏切られていることに気が付くだろう。その最初の象徴として「裏切者」のミシュが、物語が始まるや、たちまちその本性を現わして、妻のマルトを始め、ロランス、その他の人々を裏切ってみせるのである。

ミシュレが『フランス革命史』でダントンの死を描いた後、

人民はあらゆる災厄を物よりも人間のせいにする。中世における悪とはなんだったか？ それは悪魔という一つの人格である。九三年における悪は何なのか？ それは一つの人格と

なった裏切り者だ。(11)

の言葉が印象深く思い起こされよう。

『暗黒事件』の後編ともいうべき『アルシの代議士』(一部分は一八四七年。バルザックの死によって未完)は、『暗黒事件』に登場した人々、マリオン、ゴンドルヴィル伯爵、グレヴァン、ジゲ、ピリウーなどの息子や孫たちが、『暗黒事件』の舞台となったオーブ県の代議士選出を巡って騒動を繰り広げる話だが、ほとんどすべてブルジョワたちが物語の枢要な役を負って登場している。まさしく本当の意味で、七月王政下のブルジョワ覇権がみごとに成就されていることを、おのずから明らかにしてバルザックの史眼の鋭いことを実感させせる。

註

(1) 平正人「フランス革命期の出版メディア空間　出版メディアとヴェルサイユ事件」、『出版研究』第41、二〇一〇年。ベアトリス・ディディエ『フランス革命の文学』小西嘉幸訳、白水社文庫クセジュ、一九九一年。第四章「ジャーナリズム」に当時の動向が紹介され、その他フランス革命期の文学的動向全体についても、明快に論じられている。Béatrice Didier, *La littérature de la Révolution française*, Coll. QUE SAIS-JE ? N2418.

(2) このことは十九世紀のフランス作家たちの作品全般について同じことが言えようが、ひるがえって我が国の近代小説を考えた時、かの幕末から明治維新の激烈な政治闘争と社会秩序の劇的な変革にもかかわらず、そうした歴史的事件が物語の展開や登場人物の陰影に深く刻み込まれている文学作品は、ほとんど無いと言っていいのではないか。森鷗外の「堺事件」（一九一四）あたりが維新期のエピソードを鮮烈に描いているが、それはあくまで一「事件」としての叙述でしかない。

明治維新後四十年、五十年経た日本の小説で、歴史の足跡を登場人物の個性の中に描いて見せたものとして、国木田独歩の短編「富岡先生」（一九〇二）、芥川龍之介「お富の貞操」（一九二二）が、幕末維新の苛烈な人心の転換を抉《えぐ》り出すものとして挙げられるくらいではないか。一九七〇年代によく読まれた司馬遼太郎の小説に日本における維新の大変革の後を辿って血沸き肉躍る感はあるが、史実とフィクションの間合いがそれほどうまく取れているとは思われぬところがある。大佛次郎の『天皇の世紀』（一九六七―一九七三）は、資料の捜索と綿密な考証によって、幕末から維新への視点が全編に行き渡っている。しかし多く資料に拠って主観をことさら排除するこの作品を小説と呼ぶのは憚られよう。そして未完でもある。若い頃からフランスの歴史、文学に親しみ、フランス革命からパリコミューン、ドレフュス事件と、多くのフランス作家たちが書き上げてきた歴史と人間の克明な描写を熟知していた大佛なればこそ、完成すればきっとそれらに匹敵する作品となったに違いない。『帰郷』（一九四八）にしても、戦前と戦後の日本を歴史的視野で描いた点で、日本の小説として画期的なもので、この作品がなければ、松本清張の『球形の荒野』（一九六二）も生まれなかっただろう。

もっとも以上の例はよく比較される明治維新とフランス革命に限ったことで、歴史と人間の運命を説いたものとして、平安時代後期の院政から武家の勃興を詠う『平家物語』（十三世紀）、建武の中興前後を語る『太平記』（十四世紀）、武家の攻防を平氏から徳川まで漢文で描いた頼山陽の『日本外史』（一八二七）、中国明の靖難の変に材を取った幸田露伴の『運命』（一九一九）など、その代表としてあげることができよう。

（3）『人間喜劇』の各作品を事件の時系列で配列するアルベール・ベガン、ジャン＝A・デュクルノー編のバルザック全集 *L'Œuvre de Balzac* en 16 vols, éditée par Béguin et Ducourneau, Club français du Livre,1960 がある。

（4）当時の階級的な議論については、親方と徒弟とで身分的な差異と組織化の論理が異なっていたから、石工と言っても必ずしも下層民というわけではない。しかしロランスの貴族意識では下等なものとみなしただろう。柴田三千雄『パリのフランス革命』（東京大学出版会、一九八八年）の第一章二節参照。

（5）バルザック『暗黒事件』柏木隆雄訳、ちくま文庫、二〇一四年、四四－四五頁。
（6）同書、三四五頁。
（7）河野健二編『資料　フランス革命』（岩波書店、一九八九年）の、とくに第二章Ⅰ－9，Ⅱ－69参照。また一七九一年の憲法第一編に「憲法は所有権の不可侵性、または、公共の必要が合法的に確認されて、その犠牲が求められている所有権の正当かつ事前の補償を保証する」（同、一五四頁）とある。
テーヌは「いかほど革命が自らを飾り立てる〈自由〉〈平等〉〈友愛〉の名が偉大であろうと、それは本質的に所有権の移動なのだ。そこにその根本的な支持や、絶えざる力、第一の動力、そして歴史的意味が存する」と言う。Taine, *Les Origines de la France contemporaine : La Révolution : II – La Conquête jacobine*, Paris, Librairie Hachette, 1881, p.199.
（8）ステファン・ツヴァイク著、吉田正己・小野寺和夫訳『ジェゼフ・フーシェ』、『ツヴァイク全集』11、みすず書房、一九七四年。
（9）「二人とも冷静で現実的な才子であり、無遠慮で薄情なマキャベリズムの信奉者である。ともに、協会という名の学校を出て、革命という激しい大学を出ており、金銭と名誉にかけては、いずれおとらず、両親のない冷血漢である、不誠実で破廉恥な点でも、優劣のつかない人物だが、両方とも、共和制政府、総裁政府、執政政府、さらに、帝国にも、復位した国王にも仕えている。つまり、この無節操をあたり芸とする二人の性格俳優は、——その時々に応じて、革命家や、元老院議員や、大臣や、あるいは国王の側近に扮して、——世界史の同じ舞台で、絶えず顔を合わせるのである」ツヴァイク、同書、一六二頁。
（10）内容の信憑性は疑われるが、ジョゼフ・フーシェの回想録 *Mémoires de Joseph Fouché, Duc d'Otrante, Ministre de la police générale*（その出版社名が Le Rouge（赤）というのは、思わず笑ってしまう。というのも革命期、赤、青、白の三色旗がフランス国を示したが、その一方で王党派が Le Blanc（白）、革命軍が Le Bleu（青）と称されたからだ）が二巻で一八二四年に出ており、革命に関する回想叢書 La collection des *Mémoires relatif à la Révolution française*, publiés par le libraire Baudoin 158 vols が一八二八年に出ていて、印刷業としてのバルザックもその前年 *Les*

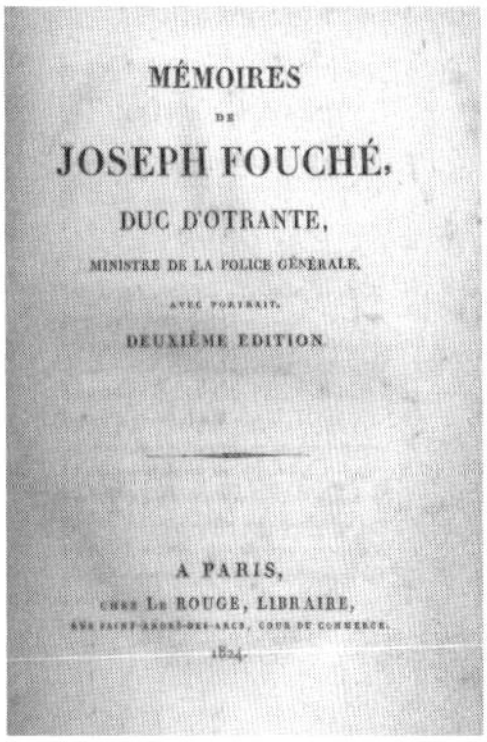
MÉMOIRES
DE
JOSEPH FOUCHÉ,
DUC D'OTRANTE,
MINISTRE DE LA POLICE GÉNÉRALE.
AVEC PORTRAIT.
DEUXIÈME EDITION.
A PARIS,
CHEZ LE ROUGE, LIBRAIRE,
1824.

Mémoires de la marquise de Bonchamps. を印刷してもいる。Cf. René-Alexandre Courteix, *Balzac et la Révolution française*, PUF, 1997, p.198-199. 一八二〇年代にフランスで回想録の叢書が多数刊行されたことは『暗黒事件』（ちくま文庫）の解説に説いている。

（11） ミシュレ『フランス革命史（下）』桑原武夫・多田道太郎・樋口謹一編訳、中公文庫、二〇〇六年、二六九頁。訳文は論者が少し変えたところがある。

第四章

今こそ、人道主義

――ヴィクトール・ユゴー『九十三年』

西永良成

ヴィクトール・ユゴー Victor Hugo（一八〇二－一八八五）

バカロレアさえ持たぬ珍しい作家だが、一八三〇年、二十八歳にして、フランス・ロマン派の総帥になり、以後、強力に文壇の牽引者となる。他方、四八年の二月革命に触発されて政界に身を投じるが、ナポレオン三世と対立、抵抗し、十九年間英仏海峡のジャージー島やガーンジー島での亡命生活を余儀なくされる。この間に、畢生の大作『レ・ミゼラブル』を書き上げ、大成功を収める。七〇年、ナポレオン三世が失脚すると、晴れてパリへ戻り、国民に熱狂的に迎えられる。八五年に亡くなると国葬が営まれ、パンテオンに埋葬された。

『九十三年』*Quatre-vingt-Treize*（一八七四）

一七九三年、恐怖政治下で起こった大規模な農民蜂起「ヴァンデの反乱」を舞台に描いた壮絶な人間ドラマ。亡命先から帰国した翌年に勃発したパリ・コミューンと九三年の「恐怖政治」とを合わせ鏡のように描出した、著者生前最後のメッセージ性を持つ長編小説。ユゴーはここで、フランス革命の大義を断固擁護するとともに、政治・イデオロギー的な対立を乗り越える人間的な友愛の大切さを訴えている。現代においても今日性を失わない作品である。

I　小説の執筆と刊行

ヴィクトール・ユゴー（一八〇二―一八八五）生前最後の小説『九十三年』の執筆は一八七二年十二月から七三年六月にかけて、英仏海峡のガーンジー島でなされ、七四年二月にパリで刊行された。ユゴーは六六年頃からそれぞれ『貴族制』『君主制』『革命』と題されるはずの小説三部作の構想をもち、六九年に第一作『笑う男』（近年その劇作が帝劇で上演された）を刊行したものの、つづく二作の執筆は諸般の事情で中断していた。また、かねがねミシュレやルイ・ブランのようなフランス革命史を書きたいという願いももっていた。難航していた第二作を一時棚上げにし、第三作目にあたる『革命』を『九十三年』と改題のうえ執筆したのは、ナポレオン三世の第二帝政に抵抗、対抗した十九年間の亡命生活のあとフランスにもどって間もなく、七一年三月二日にパリ・コミューンに遭遇、五月二十八日までつづいたこの凄惨な内乱のインパクトに触発されたからだった。だから最初、この小説はまさしく『内戦』と題されていた。

II　ユゴーとパリ・コミューン

前述のように、ユゴーは一八五一年十二月二日のナポレオン三世のクーデターと翌年布告された第二帝政に異を唱えて、十九年間英仏海峡の文化果つる荒涼としたジャージー島、ガーンジー島に追放され、フランソワ・トリュフォー監督の映画『アデルの恋』にあるような次女アデルの失踪、発狂など、一家離散の憂き目に見舞われながらも、なんらめげることなく信念を貫いて共和政を擁護しつづけた。(1)

七〇年の普仏戦争による第二帝政崩壊のあと、ようやく共和派が政権を奪還したパリにもどったものの、その翌年にパリ・コミューンが勃発。ユゴーは共和派の下院議員として、古くからの知り合いだったティエールなどの新政権がプロシアと結んだ（いや、むしろプロシア占領下で結ばざるをえなかった）莫大な賠償金にくわえ、故郷のアルザス・ロレーヌ地方の割譲という屈辱的な対プロシア休戦条約にはコミューン派と同じく反対だった。ただ、反ナポレオン三世の象徴的存在だったにもかかわらず、コミューン派の指導者となってマルクスが熱烈なエールを寄せたこの革命運動に荷担し、教導してもらえないかと直談判されたとき、きっぱり断った。

プロシア軍の占領下だとはいえ、曲がりなりにも普通選挙によって選ばれた政府を暴力的に覆《くつがえ》そうという不法かつ無謀な企図には賛同できなかったからだ。そのうえ、たまたまコミューン勃発から間もなく、次男シャルルが脳卒中で急死、その残務整理のために急遽パリを離れてベルギーに行かざるを得なくなるという事情も重なった。

それでも彼は、この後十年間、作家として、また上院議員として「だれかが敗者の側に立たねばならない」という信念から、弾圧されたコミューン派の特赦を倦《う》むことなく訴えつづけた。この内戦について、こんな詩も書いている。

戦う人びとよ！　争う人びとよ！　気でも狂ったのか？
きみたちはまるで麦畑を焼く野火のように、
名誉と理性と希望を殺しているではないか！
どうしたのだ！　敵も味方もフランス人ではないのか！
戦いをやめよ！　勝利のもたらすものは、ただ死あるのみ。（『恐るべき一年』拙訳）

じつはユゴーは議会から共和派が一掃されたルイ・ナポレオン大統領時代の一八四九年九月に、初めて「だれかが敗者の側に立たねばならない」という信念を固め、自由主義から共和主義に転じていたのだが、コミューン派の死者三万、投獄者四万五千という権力の苛烈な弾圧と非情な暴虐にも、ナポレオン三世独裁権力の圧政と同様に徹底的に抗議し、他にも「報復をやめよ」と題する詩や、「ただちに特赦を、何よりも特赦を」ではじまる悲壮なアピールを新聞紙上および上院議会でおこなった。さらに、一時滞在したブリュッセルの自宅にコミューン派の逃亡者を受けいれるという声明を堂々と発表し、ベルギー政府から追放されるなど、終始一貫して弱者の味方をしつづけた。『九十三年』にはこのような切羽詰まった内戦の社会・政治的悲劇の痕跡と反響が随所にうかがえる。

Ⅲ 作品の私的な背景

ユゴーが一七九三年の恐怖政治を主題とする小説の舞台にヴァンデ・ブルターニュ地方を選んだのは、第一に父親レオポールが革命軍の副隊長としてこの地方の叛徒《はんと》の討伐にじっさいに参加したこと(これは小説の本文でも言及されている)、第二に母親ソフィーが、法官の父ルノルマンが悪名高い公安委員会派遣委員ジャン＝バティスト・カリエの熱心な現地協力者としてヴァンデ・ブルターニュ地方の叛徒と疑われる者たちを次々にギロチン送りにしていたことに反発、その反発・反動から頑固な王党主義者に転じたことに関連する。

なおカリエは「ナントの溺死刑」、つまり捕虜になったヴァンデの叛徒数千人をロワール河の廃船に詰め込んで溺死させて、ロベスピールの顰蹙《ひんしゅく》さえ買ったほど悪辣残忍な人物だった。

また、作者の思想の代弁者の主人公ゴーヴァンはブルターニュ生まれで、ユゴーの長年の愛人だったジュリエット・ドルーエの本名。ここにはユゴーの数知れぬ浮気に傷つけられ、悩まされながらも、五十年にわたって原稿の清書係をつとめた、元女優の忠実で有能な美女にたいする感謝の念が間接的にうかがえる。ジュリエットはつねにユゴー宅の近くに住みながらも二万五千通もの手紙を書き送っている！　ヴィクトールの返事はその半数足らずであった。

なお、ユゴーはヴァンデ・ブルターニュ地方をジュリエットとともに何度か旅したことがあったので、いわゆる土地勘もあった。また、作品の第一部は英仏海峡の地形の描写からはじまるが、それは執筆しているガーンジー島から見える日常風景だった。それはまた彼にとって限りない「望郷の念の地」でもあった。

Ⅳ　九十三年という主題

九三年とは一七九三年一月に国王ルイ十六世が処刑され、九月には、二年間で約四万人がギロチン刑その他の死に追いやられるなど、いわゆる〈恐怖政治《テルール》〉がはじまった年のことである。小説が題材としている、中央政府の三十万人の徴兵令に反対したヴァンデ党の反革命蜂起も、この年の三月にはじまっている。そこで従来、九三年はフランス革命の暴力的で残虐な側面を糾弾するさいに持ちだされる定番の論拠となり、しばしば大革命評価の試金石となってきた。

ただユゴーが九三年にふれるのはこれが初めてではない。たとえば小説『レ・ミゼラブル』（一八六二）第一部第一篇「正しい人」第十章「未知の光明に立ち会った司教」で九三年のことをこんなふうに取りあげている。

慈悲にみちた赦《ゆる》しによってトゥーロンの元徒刑囚のジャン・ヴァルジャンの良心を目覚めさせ、改心させたディーニュの司教ミリエルは、町中から禿鷹《はげたか》のごとく忌み嫌われている八十六歳の老人で、元国民公会議員G（モデルはアベ・グレゴワール）が瀕死状態だと聞き及び、キリスト者の祝福をあたえるべくその陋屋《ろうおく》を訪れる。ところが思いがけず、この元革命家とのあいだでフランス革命、とくに九三年をめぐる論争になる。(2)

「フランス革命はキリストの到来以来、もっとも力強い人類の一歩だった……フランス大革命は社会的にあらゆる未知なものを引きだした」と言ってはばからないG。これにたいし、九三年に高等法院判事の地位を奪われて一家離散、イタリアに亡命せざるをえなかった司教は、「えっ！　一七九三年が、ですか？」と問い返さざるをえない。するとGは「千五百年のあいだに雲が形成された。十五世紀も経って、その雲が砕けた。あなたは雷鳴を非難しておられるのだ」と、九三年を旧《ふる》い封建君主制を廃絶する歴史的必然という論理によって正当化する。それを聞いて、「司教はおそらく、みずからそうと気づかぬままに、心中でなにかが消えていくのを感じた」という。

その後も旧体制の諸悪と革命の暴虐をめぐる長い歴史・哲学論争が圧倒的にGに有利なかたちでつづくが、最後に司教は黙ってGのまえに跪《ひざまず》き祝福する。

この九三年をめぐる章の最後に作者ユゴーは、「あの男の精神が司教の精神のまえを横切り、あの男の偉大な良心が彼の良心のうえに反映したことが、彼を完徳に近づけるのに役立たなかったとは、おそらくだれにも言えなかったことだろう」（『レ・ミゼラブル』拙訳、平凡社ライブラリー）としめくくっている。

つまり、国民公会議員Gの革命擁護の言説は司教にとってまさしく「未知の光明」だったというのである。

ここにユゴーの革命観の一端が如実に示されているが、いやしくもディーニュの司教、「正しい人」たる者が元革命家のまえに跪いて祝福をあたえるなどという光景は、正統カトリック教会にとってはとうてい看過しがたいスキャンダルである。ローマ教皇庁はさっそく一八六二年から一九六二年までの百年間、『パリのノートルダム』（一八三一）とともに『レ・ミゼラブル』をブラックリストに入れた。

Ⅴ　小説『九十三年』の革命観

小説は三部構成で、それぞれ第一部「海上」、第二部「パリ」、第三部「ヴァンデ」と題されている。最初の二部では小説の登場人物の紹介、地理・歴史的な背景説明などがなされ、本編はいちばん長い第三部である。ただ、ユゴーの革命観がもっとも直裁に披瀝されるのは第二部であり、ここで彼は一七九三年のパリの政治・社会状況を、国民公会を中心に虚構を交えつつ詳述しているのだが、その終わりのほうでみずからの大革命観をこんなふうに述べている。

革命は「未知なる力」が演じ出すひとつの行動である。［…］歴史の偉大なページを記した巨大で不吉な作者は「運命」という仮面をつけた「神」そのものに他ならない。［…］革命は神に発し、四方八方からひしひしと押し寄せてくる絶対的な現象の一形式である。そしてわれわれはこの現象を「必然性」と呼ぶ［…］起こるべきものはかならず起こるのであり、吹くべき風はかならず吹く。だが、永遠の晴朗さはこうした北風によってすこしもかき乱されない。革命のはるか上空には、真理と正義とが、嵐の上にきらめく星空のように輝いているのである。（『九十三年』辻昶訳、潮出版社）

ここでユゴーは九三年をふくむフランス大革命全体が歴史の必然であるばかりか神の意志だったと、より踏みこんだ革命擁護論を表明している。『レ・ミゼラブル』の元国民公会議員Gが「雷鳴」と形容した九三年は、一過性の「北風」「嵐」として「真理」と「正義」の支配のための必要悪と見なされているのである。卵を割らずにオムレツはつくれない。

このような革命観をもっていたユゴーであってみれば、ほとんど神的な性格をもつ〈革命〉にたいして反旗をひるがえし反乱したヴァンデ党の行動について、当初から冷淡な見方しかできなかったのも当然である。

郷土、祖国、この二つの言葉はヴァンデ戦の全容を要約している。地方的な思想が普遍的な思想にたいして喧嘩を売ったのであり、地方民が愛国者にたいして戦いをいどんだのである。[…]ヴァンデの乱は文化の光にたいして無知というバリケードをつくった反乱であり、それとは知らずに祖国に弓引く試みだった。(同上)

要するにヴァンデの乱は田舎の無知蒙昧な農民が亡命貴族、イギリスなどの外国勢力と手を結び、中央政府の普遍的・開明的な文明に挑んだ無謀で無益な戦いだったと見なし、反乱の大義などはさして重要視していないのである。

VI　作品の要所

このようにユゴーはフランス革命を歴史の必然、神の意志だと固く信じていたのだから、第三部「ヴァンデ」でも農婦フレシャールの本能的な母性愛の悲壮な情景を除けば、概して叛徒に肩入れすることはなく、反乱と弾圧、その弾圧にたいする報復、その報復に応える報復といった、『暴力と聖なるもの』におけるルネ・ジラールのいわゆる欲望の三角的模倣理論が現実化する反乱軍・革命軍双方の相互暴力の連鎖を、ひたすら陰惨な光景として描出しているのみである。

ところで、やや唐突ながら、ミラン・クンデラはたまたま、『カーテン』(拙訳、集英社)の第六部「引き裂かれたカーテン」で、ユゴーの『九十三年』第三部の勘所をこのように要約している。

主な登場人物は、情熱的に君主制に献身するラントナック侯爵、同じくみずからの真実を確信している革命の大立て者シムールダン、そしてラントナックの甥だが、シムールダンの影響で革命軍の隊長になった貴族のゴーヴァン[3]。

彼らの物語の終わりはこのようなものだ。革命軍によって包囲された「ラ・トゥールグ」城での恐ろしく残酷な戦闘の只中で、ラントナックは秘密の通路から脱走することに成功する。やがて、もうすでに包囲部隊を避けて自然のなかにいた彼に、火に包まれた城が見え、ひとりの母親の絶望した嗚咽がきこえる。このとき彼は共和派の一家族の三人の子供たちが人質となり、鉄の扉の背後に取り残されていて、その扉の鍵がじぶんのポケットにあることに思い当たる。彼はすでに何百もの死者たちの死、男や女、老人たちの死を見てきたが、眉ひとつ動かさなかった。だが子供たちの死、いやそれだけはだめだ、断じてだめだ、そんなことを許すわけにはいかない! そこで彼は同じ地下通路を引き返し、啞然とする敵のまえで、子供たちを炎から解放してやる。彼は逮捕され、死刑判決を受ける。ゴーヴァンが大伯父の英雄的な行為を知ったとき、みずからの道徳的な確信が揺らぐ。子供たちの命を救うためにじぶんを犠牲にした者は許されてもいいのではないだろうか？　彼はラントナックが逃げるのを助ける、そのことによってみずからに死刑判決を下すことになるのを知りながら。じっさい、公安委員会の容赦のない指令に忠実なシムールダンは、ゴーヴァンをわが子同然に愛していながらも、ギロチン送りにする。ゴーヴァンにとってその死刑判決は正当であり、彼はそれを平静に受けいれる。まさにギロチンの刃が下ろされようとするそのとき、偉大な革命家シムールダンはみずからの心臓に一発の弾丸を撃ちこむ。（『カーテン』第六部）

クンデラはこのように物語を要約したあと、これらの人物を悲劇の人物にしているのは、「そのために死を覚悟し、そしてじっさいに死んでいく信念との彼らの一体化である」と指摘する。これらの主要人物はそれぞれ、反乱の大義、革命の正義の悲劇的な化身としてあますとこなく呈示されている。

ここまでは、この小説の大半の読者に異論がないだろう。だが、これにつづいてクンデラはこの三人の主要人物について、「どんなに小さな疑いもなく、どんなに小さなためらいもなく、自分の意見を曲げない力を彼らにあたえているもの、それは愚行（bêtise）ではないだろうか？　大理石から切り取られたような誇り高く、威厳のある愚行では？……〈人間の本性〉と不可分の愚行はたえず、いたるところで人間とともにあるのだ」と書いている。

ちなみに、彼がフランス革命を題材にしたアナトール・フランスの『神々は渇く』を大半のフランス人読者・批評家が不当に軽視していることにあえて異を唱え、大絶賛しているのも、このような冷徹で、非情緒的な認識に基づいているからである。

Ⅶ　クンデラの歴史観

ただ、『存在の耐えられない軽さ』と『レ・ミゼラブル』双方の訳者である私としては、ここにいたっていささか困惑せざるをえないのも事実だ。これはたとえば『忠臣蔵』の赤穂浪士の義挙を愚行だと見なすような、意表をつく逆説的ないかにもクンデラ的読解だからだ。

チェコ人にとって、「八」という数字は吉凶併せ持つ、魔術的な意味を持っている。数世紀の長きにわたってオーストリア・ハプスブルク帝国の一地域にすぎなかった祖国チェコが、第一次世界大戦後の一九一八年にようやく独立国家になったものの、三八年のフランス、イギリスなどヨーロッパの大国のミュンヘン会談による「宥和政策」のために、ヒトラー・ナチスに侵攻、占領され、その占領から解放されたと思う間もなく、四八年のスターリン型共産主義革命、六八年の〈プラハの春〉がその秋の十一月二十八日、「友好国」ロシア軍の暴力的介入によって挫折の憂き目にあうといった、歴史の辛酸をさんざん嘗《な》め尽くした年代である。クンデラの透徹した認識はそこに由来する。[4] その結果、彼はこれまで勤しんできた、作曲、劇作、詩作、カレル大学映画学部の教職などを一切投げ打ち、以後いかなる〈絶対的な真理〉も信じず、小説を「相対性のカーニヴァル」と見なす非政治的な懐疑派の小説家になり、「敗者の笑いと抵抗」と呼ぶべき文学を確立した。

なお、ここで〈人間の本性〉と不可分の「愚行」と呼ばれている概念は、クンデラがフロベールに学んだ鍵概念だが、この「愚行」をヘルマン・ブロッホの影響をうけた彼のさらに好む言い方に換えれば「キッチュ kitsch（紋切り型）」となる。「男ならおのれの信念に命を賭ける」、「子供は無垢だ」、「人生は美しい」、「人類はひとつだ」、「明るい未来」といった、およそ懐疑を知らない紋切り型の単純で愚鈍な感情や考えの無思考を彼はなによりも嫌い、『九十三年』の主要人物の言動をも確信犯的にキッチュと断じているのである。

Ⅷ　『九十三年』とパリ・コミューン

ここでクンデラのいささか僻《ひが》み根性、怨恨がすけて見える、斜に構えた皮肉な読解をいったん脇において、『九十三年』の核心について改めて考えてみると、ヴァンデの乱とパリ・コミューンが地方で展開するか、パリで展開するかの違いがあるとはいえ、同じ政治権力と叛徒の死闘という類似性があることは見やすい道理である。ヴァンデで行われたことはおそらくパリ・コミューンでも再現されたのだろう。

また、物語はふたつの命がけの行為によって文学的なエネルギーがあたえられている。叛徒の頭目ラントナックがみずからの命を犠牲に共和派の匿《かくま》った三人の子供たちを火災から救出するエピソード。そして、この無私の人間愛の情景に接して、革命軍の青臭い隊長ゴーヴァンの理想的な共和主義の信念が揺らぎ、激しい内心の葛藤を経て、ついにみずからの命を犠牲にする覚悟でラントナックを赦し、逃がしてやる行為。そしてこの葛藤を通して執筆当時のユゴーが訴えていたコミューン派への特赦という切実なテーマが浮かんでくる。(付言しておけば、徒刑囚ジャン・ヴァルジャンの窃盗の罪を赦すミリエル司教、執念深く追いまわされ、何度も窮地に陥りながらも、最後にジャヴェール警部を赦すジャン・ヴァルジャン。忘恩に近いかたちで遠ざけられたことをなんら恨むことなく、死の床でコゼット・マリユス夫妻を赦すジャン・ヴァルジャンといったように、赦しは『レ・ミゼラブル』でも核心的なテーマだった。これに繋いで、この赦しの本質についての認識に関しては、ジャック・デリダの瞠目すべき仕事がある。(5))

さらに、いささか飛躍するが、最後に置かれているゴーヴァンとシムールダンの緊迫感のある遣り取りは、二十世紀になって一大論争となる政治と暴力の問題を予告しているように思われる。革命原理主義者のシムールダンは、情に流されて大伯父を逃し、革命の正義を裏切ったゴーヴァンにたいして、「わしは法の裁きしか認めないのだ」と叱責する。これにたいしてゴーヴァンは「法の裁きのうえに良心の裁きがあります」と答え、「あなたは剣の共和国を建設されようとしていますが、わたしは精神の共和国を建設したいのです」とみずからの理想を述べる。

このようにおのれの理想をあくまで断念しないゴーヴァンは、たとえば世紀を超えて、二十世紀のスターリン主義が猛威をふるっていた一九四九年に発表された、アルベール・カミュの最良の戯曲『正義の人びと』の「心優しいテロリスト」カリヤエフを連想させる。

カリヤエフは帝政ロシアの実力者セルゲイ大公を暗殺しようとして大公の馬車に爆弾を投げようとするが、馬車のなかに二人の子供がいるのが見えてとっさに暗殺を断念する。その行為を革命にたいする熱意の欠如だとして、「目的のためには手段を選ばない」スターリニストである組織の指導者ステパンに激しく難じられるが、子供を殺すことは革命の正義にもとることだと反駁する。そして二度目の暗殺をみずから志願して、今度はセルゲイ大公を殺すことに成功するが、ただちに自首して投獄される。

やがてカリヤエフが二人の子供の命を助けたことを知った大公妃が獄中に現れ、情状酌量の余地があるので減刑の嘆願書を提出してもよいと申し出る。しかしカリヤエフはきっぱりと断って、「正義のために人間を殺《あや》めた人間はみずからの死によってそれを購《あがな》わねばならない。さもなければ正義は永遠に汚されることになる」と言い、じっさいに従容《しょうよう》と処刑される。

Ⅸ　悲観と期待

このようにゴーヴァンとカリヤエフの清廉な行動と動機には深く共鳴しあうものがある。そして二十一世紀となった今後も、時と場合によってゴーヴァンやカリヤエフのような清廉潔白な英雄が出現するか、少なくともその登場を期待できないとはだれにも断言できないだろう。現在のウクライナ人たちのロシアの人類史上最大級の極悪非道にたいする果敢で悲壮な抵抗は、その好例だ。ウクライナのゼレンスキー大統領の的確、繊細で力強い国内外向けの演説、「折レナイ言ノ葉(刃)」は、言葉が剣に優ることをまざまざと国際社会に知らしめたではないか。

これに「褐色のペスト」と呼ばれたナチスにたいするレジスタンスを寓話的に描いたカミュの小説『ペスト』の結語と見做しうる話者・主人公の医師リユーの言葉、「災厄のさなかで学んだこと、すなわち人間のなかには軽蔑すべきことよりも感嘆すべきことのほうが多くある」という断言が重なってくる。

たしかに、過度な熱狂あるいは狂信の時代であれば、クンデラ流の懐疑的な悲観主義も強い牽制力を発揮し、効力をもつことは事実である。だから一九六八年の「プラハの春」の「友好国ロシア」による軍事的な弾圧を孤立無援のまま経験せざるをえなかったチェコ人の彼は、こう断言してはばからなかった。

あるがままの人生は敗北である。ひとが人生と呼ぶこの避けがたい敗北に直面して私たちに残される唯一のこととは、人生を理解するように努めることだけなのだ。(『カーテン』第五部)

これは必ずしも歴史の敗者について述べたことではなく、人生一般を語ったものである。喜寿を過ぎていまなお確たる信仰をもちえず、「不合理なるが故に我信ず」というべきものをなんら持ちえない私としては、だいたいそうかもしれないとつい思ってしまいそうになる。

だが、よくよく考えてみれば、懐疑主義とて絶対的なものだろうか。懐疑主義もまたおのれを疑うことなしには首尾一貫できない。またすべてを疑ってかかるクンデラ的なシニカルな眼差しだけで大半の人間がじっさいに生きていけるとも思えない。懐疑的な悲観主義はどこかで人間の生存本能によって牽制されるし、そもそもおのれの悲観主義を表明すること自体、少なくともそれに耳を傾けてくれる他者の存在の肯定を前提とし、疑ってはいない。

だから、クンデラ自身も結局、「キッチュ」の概念を普及させたヘルマン・ブロッホの「いくらかのキッチュは人間性と不可分である」という指摘に同意せざるをえなかったのだった。

この点に関して、ユゴーそのひとがあらかじめ、クンデラの『九十三年』批判の基底になっている懐疑的な悲観主義、そしてそれをさらに突き詰めたかたちのニヒリズム、あるいはシニズムについて、こんな明快な解答を用意していたようだ。彼は『レ・ミゼラブル』第二部第七篇第六章「余談」で、「懐疑主義は精神の乾いた腐敗である」と断言しつつ、こう書いているのだ。

とどのつまりなんでも「否《ノン》」の一語に帰着させる思考にはどんな道も開かれない。「否」にたいする答えはただひとつ「諾《ウイ》」しかないのだ。

ニヒリズムには効力がない。虚無は存在しないし、ゼロも存在しない。すべてがなにかであり、無というものはないのだ。人間はパンで生きる以上に肯定で生きるのである。（拙訳）

ここで言われるユゴーの創設的・楽観的な根本思想を、私とて普遍・妥当的な正論と認め、共感せざるをえない。人間だれしも、多少なりとも「キッチュ」に発するなにかしらの「期待」によって生きるものだろうから。

カミュが「アポリネール以来二十世紀最高の詩人」と言ってはばからなかったルネ・シャールが、過酷極まりない対独レジスタンス運動に参加、命がけで戦ったあと、「期待の原則」を断固擁護して、詩集『激情と神秘』に「ふたたび彼らに与えよ」と題するこんな詩を書いていた。

ふたたび彼らに与えよ、彼らのうちにもはや現前していないものを
ふたたび彼らは、収穫の種が穂に閉じこもり、草のうえで蠢めいているのを見るだろう。
彼らに教えよ、転落から飛躍までの、
彼らの顔の十二か月を。
彼らはつぎの欲望まで、心の空白をいとおしむだろう。
なぜなら、なにものも難破しないのだし、遺灰を好みもしないのだから。
そして、土地が果実に到達するのを見ることができる者、

失敗はその者をいささかも動揺させない、たとえ彼がすべてを失ったとしても。（拙訳）

そう言えば、私が多少なりとも研究して、考察を加えてきたフランスの文学者や哲学者は、いずれも同時代の政治に深くかかわった人道主義者だった。一人はカミュで、ともすれば狂信やニヒリズム、最悪にはシニズムを生みだしたイデオロギー全盛の時代に、いかなる思想的風雪にも抗して、知識人たる者、人々の「魂」「幸福」を救おうなどという、「上から目線」の高慢、傲慢を捨て、まず人間の個々の具体的な状況を見極め、その「肉体」「生命」を救うことから始めるべきだというモラルを掲げた。

当時、嘲笑的に「赤十字のモラル」「ボーイスカウトの道徳」などと呼ばれたこの思想からベルナール・クシュネールらの「国境なき医師団」が生まれ、アンドレ・グリュックスマンらの行動する哲学者、「新哲学者」が出発した。わが友アンドレ・グリュックスマンは元フランス共産党員だったが、ハンガリー動乱の時に離党、よりラディカルな毛沢東主義の主導者の一人の理論家になったが、〈プラハの春〉とその悲劇的な挫折を見て、深く自省し、やがて大統領になるハヴェルの盟友になった。彼は書斎の思想家ではなく、行動する哲学者であり、ベトナムのボートピープル、チェチェン戦争、アルジェリア内乱などに、身の危険も顧みず果敢に現地取材をしつづけた。その結果、常に戦慄的なルポルタージュのみならず、十五冊の思想書を書き残して、ごく近年他界した。その彼のクレドは「否定的もしくは消極的人道主義 humanisme négatif」だった。

要するに各人、各共同体、各国家などが「善」「正義」「大義」などと称するものは、いずれも相対的なものにすぎないのに、これらを独自に絶対化することからポレモス、すなわち争い、戦いが生まれてくる。だから、現代を生きる思想家はまず、目に見えて疑いようのない「悪」「不正義」「狂信」すなわち侵略、虐殺、破壊、非道などを告発することこそが「正義」であり、「暫定的なモラル」（デカルト）だというのである。

最後にひとつ、『九十三年』をめぐるエピソード付けくわえておく。

一八八四年二月二十六日にユゴーは八十二歳の誕生日を迎えた。木村毅『日本翻訳史概観』によれば、板垣退助が岐阜遭難事件のあと「洋行」し、日本人として初めてユゴーと面談したのがこの年である。板垣が「日本のような後進国に広く自由民権の思想を普及するにはどうしたらよろしいでしょうか？」と尋ねると、ユゴーは「それには適当な小説を読ませるのが一番だ」と答えた。やや意表をつかれた板垣が、「小説といってもどんな小説を？」と反問すると、ユゴーは「私がこの二十年以内に書いたものなら何でもいい」と言いながら、たとえば『九十三年』あたりがいいだろうと勧めた。ユゴーの言葉をいたって素直に信じた板垣は、「洋行土産」に大量のフランス文学書を持ちかえった。そのなかには当然『九十三年』もあった。これが早速、坂崎紫《さかざきし》瀾《らん》によって『仏国革命修羅の衛』[4]の題名で翻訳され、明治中期の人道主義の文豪ユゴー・ブームの嚆矢《こうし》になったという。

註

（1）ユゴーとナポレオン三世との対立については、拙著『ヴィクトール・ユゴー　言葉と権力』（平凡社新書、二〇二一年）を参照。

（2）拙著『「レ・ミゼラブル」の世界』（岩波新書、二〇一七年）参照。

（3）ラントナックはゴーヴァンの大伯父にあたり、シムールダンはカリエを思わせる公安委員会の派遣代表で、ゴーヴァンの若さを危惧する公安委員会からその監視・指導をし、「武器を所有している反乱者全員を処刑し、その財産を没収せよ」、「戦争に加わった可能性がある者は老若男女を問わず、ひとり残らず殲滅せよ」という至上命令を徹底させる任務を帯びてヴァンデにやってくる。ところが、たまたまシムールダンが監督することになったゴーヴァンは、かつてこの土地の主任司祭シムールダンに育てられた孤児で、彼の唯一の情愛の対象だった。

（4）対ロシアのウクライナ、チェコの関係性、類似と差異については、加藤周一『私にとっての二〇世紀』第三章「プラハの春」（岩波現代文庫、二〇〇九年）参照。

（5）ジャック・デリダの「赦し」の概念について、私は畏怖する友人、三浦信孝から私信で次のような教示を得た。

「フランス語では don「贈与」と pardon「赦し」は同根である。

マルセル・モースは『贈与論』（一九二四）で「贈与」を集団間の「与え・受けとり・返す（donner, recevoir, render）」相互的な円環構造として描いた。贈与 don と反対贈与 contre-don によって集団間に互酬的社会関係が生まれる。ただしその社会関係は対等とは限らず上下関係を生むこともある。未開社会に観察される贈与交換は貨幣を媒介とする資本主義的市場経済とは異なる交換原理として注目されてきた。（モースはジャン・ジョレスの思想に共鳴し、ボリシェビキ型共産主義を批判し、協同組合的社会主義を実践した。）

しかしジャック・デリダは『時間を与える』（一九九一）で、モースが定義する「贈与 don」が見返りを期待したり、受けとる側に「反対贈与 contre-don」を義務づけるとすれば、それはもはや「贈与」ではなく「交換」のエコノミーに限りなく近いものになる。贈与が成り立つとすれば、贈与と返礼の互酬システムの枠に回収されない無償の贈与でなければならない。しかし意識的にせよ無意識的にせよ反対贈与を求めない純粋な贈与は現実には存在せず、贈与の可能性はその不可能性のうちにしかない。これをデリダは「贈与のアポリア」と呼ぶ。

デリダは一九九九年のミシェル・ヴィヴィルカによるインタビュー「世紀と赦し」で、「贈与のアポリア」と同じアポリアを「赦し」の中に見る。加害者と被害者のあいだに赦しが成り立つのはどんな場合だろうか。加害者が改悛し赦しを求める（demander pardon）ことを条件に赦す（pardonner）のは純粋な赦しではない、とデリダはいう。加害者の改悛や謝罪を交換条件としない赦しのみがその名に値する赦しだとすれば、赦しの可能性はその不可能性のうちにしかない。デリダはまた、日韓関係の不幸な過去を反省する一九九五年の日本の首相の声明を例に挙げて、加害者が自分の罪を認め赦しを求めるのは、被害者との間の「和解」を目的とするものであって、これは純粋な赦しの論理とは異なるという。しかし日本政府の公式の謝罪（と償い）がない限り赦せないという犠牲者側の要求も、デリダのいう「赦し」の論理にはそぐわない。赦すことができる罪を赦すのは赦しではない。赦すことができない罪を赦すのが純粋な赦しだとすれば、現実には赦しは不可能に近い。赦しの可能性は唯一その不可能性の中にあるという「赦しのアポリア」を生きるのは「絶対的な例外」であり「不可能性の狂気」である。デリダ流脱構築のレトリックとも思われるが、この無条件の非エコノミー的「純粋な赦し」はキリスト教的な「愛」の思想ではないか、と信仰を持たない私は想像する。」

ユゴー的「赦し」はまさにこの教授によって、充分以上に補完されると思われる。

（6）富田仁・赤瀬雅子『明治のフランス文学　フランス文学からの出発』駿河台出版社、一九八七年。

第五章

ドレフュス派作家の反革命小説か？

——アナトール・フランス『神々は渇く』

三浦信孝

アナトール・フランス Anatole France（一八四四－一九二四）
一八四四年、セーヌ河畔の古本屋のひとり息子として生まれる。パルナス派の詩人として出発、小説家としてのデビューは『シルヴェストル・ボナールの罪』（一八八一）で、以後『バルタザール』、『舞姫タイス』、『赤い百合』、随想集『エピクロスの園』などを次々に出版、一八九六年にアカデミー・フランセーズ会員に選出される。ドレフュス事件が起こると「私は糾弾する」のゾラに続き一八九八年一月の再審請求のアピールに署名、ジャン・ジョレスの社会主義に共鳴、懐疑主義のエピキュリアンが左派のシンボル的知識人に変貌する。一九二一年にノーベル文学賞を受賞、二四年の死に際しては国葬の栄誉に浴した。日本では戦前から翻訳が進み、のちに白水社刊『アナトール・フランス小説集』全十二巻にまとめられた。

『神々は渇く』*Les Dieux ont soif*（一九一二）
舞台は一七九三年四月から九四年七月までの恐怖政治下のパリ。貧しく純真な青年画家エヴァリスト・ガムランが革命裁判所の陪審員になり、マラーを信奉しロベスピエールの感化を受けて過激化し、革命の大義のため無実の人々を次々に断頭台に送り、最後は自身が断頭台送りになる悲劇を描いた歴史小説。エヴァリストの母ガムラン夫人、元貴族の愛人と英国に亡命した妹ジュリ、版画商ジャン・ブレーズ、その娘で主人公の恋人になるエロディ、元貴族の無神論者でエピキュリアンの賢人ブロト、宣誓拒否司祭のロングマール、可憐な娼婦アテナイス、革命前にブロトの愛人だった策略家のロシュモール夫人などが登場し、恐怖政治の歯車に巻き込まれるパリの市井の人々の日常生活が活写される。タイトルの「神々は渇く」は、恐怖政治を批判してダントンと共に処刑されたカミーユ・デムーランの言葉に由来する。

はじめに

アナトール・フランスは十九世紀末から二十世紀はじめのベル・エポック期を代表する作家で文芸評論家。『神々は渇く』は、フランス革命期の恐怖政治とそれに巻き込まれた人々を描いた歴史小説の傑作で、一九一一年十一月から翌年一月にかけて『パリ評論』誌に連載され、一九一二年六月にカルマン゠レヴィ社から出版された。アカデミー・フランセーズ会員のうちただ一人ドレフュス派だった作家は六十八歳、刊行後直ちに版を重ね、訳者の大塚幸男によれば、一九二三年初版の流布本は二六〇刷を記録したという。

フランス革命は一七八九年七月十四日のバスティーユ陥落に始まるが、『神々は渇く』は、国民公会が王政を廃止して共和国を宣言した一七九二年九月二十二日を元年とする革命暦二年と三年のパリを舞台にした小説である。登場人物はマラーやロベスピエールなど実在の革命家ではなく、パリに住む市井の人々であり、主要主人公の青年画家ガムランや恋人のエロディ、ガムランの理性のファナティズムを諫《いさ》める賢人ブロトを含めモデルはいないが、いかにも恐怖政治下のパリに実在したと思われるさまざまな人物が巧みに配置され、架空のドラマの筋書《アクション》きに真実味を与えている。

日本語への翻訳は、伝説の水野成夫訳（一九四六）をはじめ複数あるが、周到な訳注と略年表と解説を付した大塚幸男訳の岩波文庫（一九七七）がお薦めである（以下カッコ内は翻訳の刊行年を示す）。

戦前、共産党から転向してフランス文学の翻訳を生業《なりわい》としアナトール・フランスの翻訳紹介に貢献した水野成夫には、『神々は渇く』より前に『ペンギンの島』（一九二四）、『舞姫タイス』（一九三八）、『散歩道の楡の樹　現代史1』（一九四一）の翻訳がある。水野と同じ一八九九年生まれの石川淳が東京外国語学校仏語科を出て最初に手がけた翻訳は、フランスの恋愛心理小説『赤い百合』（一九二三）である。未来の小説家は弱冠二十四歳、その「翻譯緒言」はこの種の書き物の手本にしたくても真似できない名文である。私がコンスタンの『アドルフ』（一九三五）の訳者として知っていた大塚幸男にもフランスの数々の翻訳があり、岩波文庫には『神々は渇く』以外に『エピクロスの園』（一九七七）がある。もっと遡れば、『エピクロスの園』を下敷きに『侏儒の言葉』を書いた芥川龍之介は、英訳からの重訳だが短編『バルタザール』を訳しており（一九一四）、これがフランスの最も早い翻訳のひとつと思われる。中学生時代に芥川に傾倒し、芥川が愛読したアナトール・フランスからフランス文学を読み始めたという加藤周一は、戦後、短いがすぐれた評論「アナトール・フランスとドレイフュス事件」を書いている[1]。

最近気がついたことだが、一九〇四年にジャン・ジョレスが創刊した新聞『ユマニテ』に連載されたフランスの哲学的対話『白き石の上にて』を、プロレタリア文学の理論家だった平林初之輔が一九二四年に翻訳している。アナトール・フランスの愛読者だった柳田國男はこの本を英訳とフランス語と日本語訳で読み、哲学者の和辻哲郎や文化人類学者の川田順造にこの本をぜひ読むように勧めている。[2] 今はあまり読まれなくなったこの作家の日本における受容史は、調べてみるとおもしろい発見がありそうである。

アナトール・フランスの専門家ではない私の手元にあった翻訳は、大塚幸男の『神々は渇く』と、学生時代に買った近藤矩子訳の『ペンギンの島』だけである。同氏は中央公論社の『新集世界の文学23　A・フランス／ブールジェ』(一九七〇)で『ペンギンの島』の翻訳を出されたが、その二年後に、四十三歳の若さで急逝されている。今回はじめて読んだ巻末の解説「アナトール・フランスの生涯と作品」はこの作家をもっともよく知る研究者の行き届いた作家論だと思われる。そこで訳者は、明治末期から大正期にかけて大いに読まれた「アナトール・フランスのイメージは、流麗な筆に古今の思想をもてあそぶ、羨望に価するディレッタントのそれとして、わが国の精神的、文壇的風土に定着した。それはおそらくまったく正当ではなかったろう」と言い、「人はアナトール・フランスを目して懐疑主義者とするが、彼の懐疑主義は、ひややかで知的であるよりも、むしろ情熱的、行動的であった」という評価を与えている。これはフランスのプレイヤード版全四巻をひとりで編纂したマリ＝クレール・バンカールの一九八四年の著作 *Anatole France — Un sceptique passionné* (Calmann-Lévy) のタイトル「情熱的な懐疑主義者」を先取りしたもので驚くに価する。

ほかにも「アナトール・フランスの終生の敵はカトリック教会であった」とずばり断定する近藤氏が、こと『神々は渇く』に関しては、「これは「社会主義者」にふさわしくない、反革命的な小説ではなかろうか。アクション・フランセーズは喜び、ジョーレスはひかえめに遺憾の意を表した。だがこれはいずれも、多少とも性急な判断であったろう」と書いている。アクション・フランセーズとはドレフュス事件を契機に結成された王党派組織で、反共和主義のアクション・フランセーズが喜び、フランス社会主義の父ジョレスがひかえめであれ遺憾の意を表した小説とはどんな小説だろうか。私がこの小論を「反ドレフュス派作家の反革命小説か？」と題したのはそのためである。

I　エピキュリアン懐疑主義者の政治参加

アナトール・フランス（本名フランソワ＝アナトール・ティボー）は一八四四年、パリのセーヌ左岸マラケ河岸十九番地に生まれ、九歳から二十二歳まですぐ隣のヴォルテール河岸九番地に住んだ。王党派だった父親のノエル＝フランス・ティボーはフランス革命資料を専門とする古本屋Librairie France（フランス書房）を営んでおり、出版も手がけた書房は作家たちの溜まり場にもなっていたという。本に囲まれて育ったアナトールが長ずるに及び「フランス」を作家名にしたのは、父の名前に由来する書房の名前から採ったものと思われる。付け加えるなら、アナトールが九歳から十八歳まで通ったカトリックのマリア会経営のコレージュ・スタニスラスは、リュクサンブール区とも呼ばれるパリ六区のノートルダム゠デ゠シャンにあり、そこで将来の作家はギリシャ・ラテンの教養を身につけ、信仰を失って無神論者になるが、キリスト教には深い関心を抱き続けたという。

アナトール・フランスは父の書店は継がず、作家として一本立ちするまでの十三年間、リュクサンブール宮にある元老院図書館に司書として勤めた。パルナス派の詩人として出発、小説家としてのデビューは遅く『シルヴェストル・ボナールの罪』(一八八一)で、一八八七年から『ル・タン』紙の文芸時評を担当、以後短編集『バルタザール』(八九)、『舞姫タイス』(九〇)、『赤い百合』(九四)、随想集『エピクロスの園』(九五)などを次々にカルマン゠レヴィ社から出版、一八九六年にアカデミー・フランセーズ会員に選出される。その間フランスは一八八八年から当時の有力な文芸サロンの女主人アルマン・ド・カイヤヴェ夫人の愛人になっており、カイヤヴェ夫人は『タイス』の舞姫や『赤い百合』のヒロインのモデルになっている。カイヤヴェ夫人のサロンは凱旋門とモンソー公園をむすぶオッシュ通りにあり、フランスはそこで知り合った作家志望のマルセル・プルーストの処女作『楽しみと日々』(九六)に序文を書いてそのデビューを助けており、アナトール・フランスが『失われた時を求めて』に出てくる文豪ベルゴットのモデルであることはよく知られていよう。

一八九八年一月十三日、クレマンソーが主宰する『オロール』紙一面にゾラが「私は弾劾する！」を発表すると、ドレフュスの再審を請求する知識人のアピールにゾラに続いて署名（プルーストも署名者のひとり）、名誉毀損で告訴されたゾラ裁判の証人として法廷に立つ。アカデミー・フランセーズは反ドレフュス派の牙城だったので（ドレフュス派の拠点はエコール・ノルマル・シュペリユール）、フランスは一九〇〇年からアカデミーと絶縁し、例会に顔を出さなくなる。ドレフュス救援のため九八年に結成される「人権同盟」に参加、ドレフュス派で共に戦ったジャン・ジョレスの社会主義に共鳴、反教権主義のコンブ首相（急進社会党）を一九〇五年の政教分離法成立まで支援、公教育を受けられなかった労働者を対象とする「民衆大学」の講師さえ務める。こうして懐疑主義エピキュリアンから「戦う懐疑主義者 sceptique engagé」に変貌したフランスは、左派のシンボル的作家知識人になる。

一九〇二年にゾラが謎の急死をとげると、アナトール・フランスはモンマルトル墓地の葬儀で弔辞を読むが、国論を二分したゾラが国葬になるはずはない。ドレフュスの名誉回復がなされ事件が決着する一九〇六年に、国民議会はジャン・ジョレスの努力でゾラの遺灰のパンテオン移葬を議決するが、モーリス・バレスら反ドレフュス派国家主義者の反対が強く、〇八年に延期され、しかも妨害を恐れて控えめに行われたという。また急進共和派のクレマンソーが〇六年に内相から首相になると、対独強硬策をとり、国内ではストライキを軍隊で鎮圧するなど、左のドレフュス派内部に分裂が生じていた。フランスが頼りにしていたジョレスは、一九一四年開戦前夜の七月三十一日に国粋主義者の凶弾に倒れる。私生活では、一九〇九年の南米講演旅行中のフランスの浮気が元で、生涯の愛人であり庇護者だったカイヤヴェ夫人が自殺未遂をはかり、翌一〇年に亡くなる（彼女は作家と同じ一八四四年生まれだった）。後悔にさいなまれながらも、ほかの女性との関係は続け、一九一一年に執筆したのが『神々は渇く』だった。伝記と作品を結びつけるのは邪道とされるが、こうしたドレフュス事件後の時代背景が、『神々は渇く』の冷めたペシミスティックな色調と無関係とは思われない。

晩年のフランスは、大戦中に起こったアルメニア人虐殺に抗議、レーニンのロシア革命を支持し、アンリ・バルビュスが呼びかけた作家のインターナショナル「クラルテ運動」に名前を連ねるが、一九二〇年に社会党を割ってできた共産党には人権同盟と両立しないとして入らない。一九二一年にノーベル文学賞を受けると、ストックホルムの受賞講演で「ヴェルサイユ条約は平和の条約ではなく戦争の継続だ」と批判する。[3] 二二年には全作品がカトリック教会の禁書目録に指定され、共産党からはその微温的態度が非難される。一九二四年、八十歳での死に際しては国葬の栄誉に浴し、その棺は生地のマラケ河岸からヌイイの共同墓地まで運ばれる。

作家の国葬は一八八五年のヴィクトール・ユゴー以来だと思って調べると、一九二三年にフランスより年下のアカデミー・フランセーズ会員ピエール・ロティとモーリス・バレスの国葬が営まれている。またユゴーの国葬は、百万人を越す市民が沿道を埋めるなか、棺が凱旋門からパンテオンに運ばれるパンテオン葬だった。作家としての格が違うのだろうが、時代の差もある。ユゴーはパリ・コミューンの崩壊後にできた第三共和政の国民統合のシンボルだったのに対し、作

家知識人の間に大きな分裂を生んだドレフュス事件の傷跡はそれほどまでに大きく、長く尾を引いた。(4)

作家の死後、一九二五年から十年かけて全二十五巻の全集がカルマン＝レヴィ社から出版される。しかし、生前の名声が大きかっただけに、後から来た世代の作家たちの攻撃の的になり、死後その文学的栄光は急速に翳《かげ》りをみせ、今日では忘れられた作家になっているという。チェコの作家ミラン・クンデラ（一九二九－）は「プラハの春」後の一九七五年にフランスに移住して、アナトール・フランスがフランスでは大きな声で名前を出すとみんなに馬鹿にされる「ブラックリスト」に入っていると聞いて驚いたという。共産政権下で青春期を過ごしたクンデラにとって、「独裁制の深淵に落下しつつあった世界で、その未知の世界についてなにかしら明晰なことを言ってくれそうな唯一の本が『神々は渇く』だった」からである。(5) クンデラは、一九二四年のブルトン、エリュアール、スーポーらシュルレアリストたちによる死者を誹謗するパンフレット『屍』(6)や、ポール・ヴァレリーの一九二七年のアカデミー就任演説での手の込んだフランス批判(7)を引きながらも、『神々は渇く』の小説としての価値を小説家として擁護するエッセイを書いている。

II　恐怖政治下のパリの市街図を思い描く

作家にとって生まれ育った土地の風景は重要だが、アナトール・フランスは自分が生まれ育った環境をこう回想している。「光輝くセーヌ河を挟んでルーヴルとテュイルリーに向かい合い、マザラン宮に近いセーヌの河畔で育った者が、凡百の人々と同じような精神を持つことは難しいように思われる」（『わが友の書』）[8]

パリの地図を広げて見ていただきたいが、セーヌ河にかかる最古の橋ポン＝ヌフからセーヌの流れに沿って、マザラン宮（フランス学士院）があるコンティ河岸、それに続くのが国立美術学校《エコール・デ・ボザール》があるマラケ河岸で、マラケ河岸の一部は一七九一年ヴォルテールの遺灰がパンテオンに移送されるのと同時にヴォルテール河岸と命名される。その先はもともとオルセ河岸だったが、そのうちロワイヤル橋（革命当時すでにあった）からブルボン宮（現国民議会）前のコンコルド橋までは、第二次大戦後の一九四七年に、アナトール・フランス河岸と命名されている。作家の生誕百周年の一九四四年はヴィシー政権下だったので、百年祭は「解放」後の四五年に行われているが、アナトール・フランス河岸の命名は「懐疑主義のディレッタント」のレッテルを貼られて忘れられた作家の名誉回復をはかる行為であり、深読みすれば、カラス事件の再審を訴えた十八世紀のフィロゾーフと十九世紀末にドレフュスの再審を訴えた知識人作家をセーヌ河岸の命名によって接続させる象徴的意味を持つ。アナトール・フランスは自分の名前がヴォルテールのそれにつながったことを喜んだであろう。『神々は渇く』[9]を読むと、いかにルソー嫌いのフランスがヴォルテールを贔屓にしていたかがよく分かる。

ブルボン宮の前のコンコルド橋はルイ十六世の治下に建てられたので「ルイ十六世橋」と呼ば

れた。橋を渡った対岸には革命期にギロチン台が置かれた「革命広場」のちのコンコルド広場が広がる。テュイルリーには、ヴェルサイユ宮殿ができるまではブルボン朝絶対王政の本拠だった宮殿があり、一七八九年十月にヴェルサイユに行進した民衆が国王一家をパリに連れ戻してここに住まわせ、国民議会もヴェルサイユからテュイルリーに移った。一七九二年八月十日にパリの民衆が蜂起してテュイルリー宮を襲撃し、王権は停止されて、国王一家はテンプル塔に監禁される。九二年九月二十一日にテュイルリー宮に召集されて王政の廃止を決議した国民公会は、テュイルリーの「マネージュ（調馬）の間」を議場にして国王裁判を行い、翌九三年一月二十一日にルイ十六世は王位を剥奪されたルイ・カペとして革命広場で処刑される。

『神々は渇く』は国民公会が公安委員会を設置する九三年四月六日に始まる。主人公の貧しい純真な青年画家エヴァリスト・ガムランは、シテ島のバルナバ会の聖堂を拠点とする革命自治区ポン＝ヌフ・セクションの一員で、シテ島オルロージュ河岸にある古い家の最上階に母親と住む。その上の屋根裏部屋には、元徴税請負人の老人モーリス・ブロトが住んでいる。旧体制下で国家に代わってきびしく税金を取り立てる徴税請負人は民衆から深い恨みを買っており、革命下では天才的化学者のラヴォアジェのように、徴税請負人であったために貴族の称号と財産を奪われ処刑された者が多い。ブロトは操り人形を作って玩具屋に納め、わずかに糊口《ここう》をしのぐ元貴族だが、赤茶けたフロックコートのポケットにいつも愛読書のルクレティウスの一巻を入れている。ある日エルサレム街のパン屋の前にできた長蛇の列に並んでいたブロトは、民衆の諍いの中で泥棒呼ばわりされたバルナバ会の元修道士ロングマールを救けてやる。ロングマールはバルナバ会の聖堂が革命自治区《セクション》の本拠になったため僧院を追い出された非宣誓司祭である。ブロトの元愛人の陰謀家ド・ロシュモール夫人は、革命裁判所が設置されると身の危険を感じ、若く美貌のガムランに目をつけ、コネを使ってロベスピエールにガムランを革命裁判所の陪審員に推薦する。ロベスピエールが公安委員会に入る頃のことである。革命裁判所はパリ高等法院が置かれていた「シテ宮殿」（現在の裁判所宮殿《パレ・ド・ジュスティス》）の中に設置されたばかりだったが、橋を渡った右岸のアルブル・セック街に住む元貴族の未亡人ロシュモール夫人は、自分と友人の銀行家モラールの身の安全のために保険をかけたのである。

息子が陪審員になったと聞くとガムラン夫人は大喜びして息子に抱きつく。それは息子にとっても自分にとっても大へんな名誉であり、これからは毎日パンにありつけると思ったからである。しかし、ガムラン夫人とトランプ遊びをしていたブロト老は、厳しくも恐るべき司法官の職に任命されたガムランに、「真理と誤謬とを見分けることは、人間の弱い精神の到底よくするところではない。私が君たちの裁判長だったら、サイコロを振って判決を下すだろうよ。裁判に関してはそれがまだしも一番誤りを犯すことがない方法なのだ」と言って忠告する。

一方、二十八歳まで貞節でまだ女性を知らないガムランは、サントノレ街に住む版画商ジャン・ブレーズの娘エロディに惹かれていた。市民ブレーズはガムランに、「君は夢を見ているが、私は現実の人生に足をつけているのだ。私の言葉を信じるがいい、君、革命は厭《あ》きられているよ。

永く続きすぎたからね。五年もの間の熱狂、五年もの間の抱き合い、虐殺、演説、マルセイエーズ、早鐘、《貴族を絞刑にしろ！》の叫び、槍の穂先に突き刺した首、大砲の上に跨った女たち、赤い帽子をかぶせられた「自由」の木、それから白衣を着せられ花車に乗せられ引かれてゆく若い娘や老人たち。それから投獄、ギロチン、食糧の割当配給、徽章や羽飾り、サーベル、カルマニョル、これは永すぎるよ！」と言って、ガムランの熱を冷まそうとするが、ガムランには、ブレーズの非国民的な言辞に対置させるだけの革命への信念があった。

エロディは二十七歳、思わせぶりな仕種をして男心をくすぐる女だったが、うぶなガムランはその魅力に惹かれる。手紙のやり取りのあと、二人が互いの想いを打ち明け、はじめて口づけを交わすのは、シャンゼリゼに近いヴーヴ並木道の藁葺きの家「美しいリールの女」でのこと。エロディがガムランに、彼女を誘惑し裏切った前の恋人がいることを告白し、嫉妬にかられたガムランがその男への復讐を心に誓うのは、リュクサンブール公園での逢い引きの折である。エロディは父親の店「恋の画家」の二階に住んでおり、ガムランが革命裁判所の陪審員になるのは九三年の九月四日、最初の法廷では証拠不十分で無罪の判決を出し、ガムランに首ったけになるエロディと最初の一夜を過ごす。しかし二度目の出廷からは裁判が次第に簡易化され、死刑判決が量産されるようになると、疲労困憊したガムランはエロディの「青い部屋」で激しい愛の行為で身を癒すようになり、しまいには、逮捕されたある亡命貴族の男の証拠調べをしていて、エロディをだました前の愛人と思い込み、誤審により断頭台送りにしてしまう。

「なんてひどい人！　あなたがあの人を殺したのね、私の愛人でもなかったのに。私、あの人は知らなかったわ」。そう言ってエロディは気を失って倒れるが、恐怖と同時に逸楽の思いにひたされて正気に戻ると、狂ったようにガムランを抱き締め、最も甘美な接吻を与える。「彼女は肉体を挙げて男を愛していた。そして、男が恐ろしい、残忍な、凶暴な者に見えれば見えるほど、その手にかかった犠牲者たちの血を浴びて見えれば見えるほど、飢え渇いた者のように男を求めて飽くことを知らなかった」（十六章）

テュイルリーと並行に走るサントノレ街の先には、国民公会の斜め向かいにジャコバン・クラブがあり、独身のロベスピエールの寄寓先もあった。ガムランはジャコバン・クラブに足繁く通い、ロベスピエールの演説を聞いて革命の大義に確信を持っていた。サントノレ街は、リュクサンブール宮やコンシエルジュリの獄に繋がれた被疑者が革命裁判所で死刑の判決を受けると、二輪荷馬車で革命広場に運ばれる通り道になっている。革命裁判所に隣接するコンシエルジュリには十月に処刑されるマリー＝アントワネットが繋がれていたが、リュクサンブール宮もジロンド派やエベール派に続いてダントンとカミーユ・デムーランが繋がれた監獄だった。ガムランの妹ジュリが愛する亡命貴族の夫が収監されるのも、牢獄と化したこの宮殿である。九四年六月八日にロベスピエールの采配によりテュイルリーの園で「至高存在の祭典」が挙行されるが、ガムランがエロディと最後の別れを惜しむのも、ガムランが最後にロベスピエールの「孤独な散歩者」の姿に出会うのも、テュイルリーの園である。

作者がエロディの父親の店をサントノレ街のはじめ、オラトワール聖堂の前に設定したのは、運命の「熱月《テルミドール》十日」（七月二十七日）、ロベスピエールやサン＝ジュストに続き、ギロチン台が待つ刑場に運ばれるガムランにエロディが二階の窓から一輪の赤いカーネーションを投げる場面の伏線になっている。

こうしてセーヌの右岸と左岸をつなぐポン＝ヌフに近いセーヌ河畔に生まれ育ったアナトール・フランスにとって、『神々は渇く』の舞台となるシテ島とテュイルリーとリュクサンブールをつなぐ恐怖政治下のパリ市街図は掌《たなごころ》の中にあったと言っていいだろう。テュイルリー宮殿だけは、一八七一年のパリ・コミューンの最中に放火で焼失し、今はない。

Ⅲ 『神々は渇く』はいかなる意味で歴史小説か？

振り出しに戻るが、全二十九章から成る小説『神々は渇く』はこう始まる。

ダヴィッドの弟子の画家で、ポン＝ヌフ・セクション（元のアンリ四世セクション）の一員であるエヴァリスト・ガムランは、朝早くからバルナバ会の旧聖堂に赴いていた。聖堂は三年以来、すなわち一七九〇年五月二十一日以来、セクション総会の本拠となっていたのである。この聖堂はパリ裁判所の鉄柵に近い、暗く狭い広場に立っていた。〔…〕正面の宗教的標章は槌で打ちこわされており、戸口の上には「自由、平等、友愛、然らずんば死を」という共和国の標語が黒い文字で記されていた。

セクションとは九一年憲法によって定められたパリを四十八の自治区に分けた革命自治区で、シテ島はノートルダム自治区とポン＝ヌフ自治区に分かれていた。ポン＝ヌフはシテ島にかかる左右両岸を結ぶ橋で、アンリ四世の騎馬像があったが革命期に破壊され、のち再建されている。革命はポン＝ヌフの橋の上で生まれたと言われるほど、ポン＝ヌフ自治区は革命の中心地だった。バルナバ会の聖堂は、小説ではシテ島宮殿に隣接した場所にあり、聖パウロ会の修道士たちに代わって赤い帽子をかぶったサン＝キュロットの愛国者《パトリオット》たちの集会所になっていた。宮殿内の「平等の間」には革命裁判所が設置されており、ガムランは、その革命裁判所の陪審員を務めることになるのである。

小説の主人公エヴァリスト・ガムランは、ダヴィッドの弟子とされることによって、あたかも実在した人物であるかのような錯覚を与えられる。ダヴィッドは国王裁判でルイ十六世の死刑に賛成票を投じたジャコバン派の国民公会議員でもあり、九三年七月十三日にシャルロット・コルデに暗殺される《マラーの死》の絵で知られるから、ガムランがマラーの熱烈な信奉者だっただけに巧みな設定である。ガムランはエロディとの恋愛が成就すると、マラーの浮彫りの肖像が入った銀の指輪を恋人の指にはめてやる。しかし翌年の夏ガムランがロベスピエールと共に処刑された半年後、セーヌ河に流氷が漂う「雪月《ニヴォーズ》」の情景を描く最終章で、エロディはその指輪を指から抜いて焔の中に投げ捨て、新しい恋人の腕に中に身を投じるから、マラーの影は小説の最後まで見え隠れすることになる。

『神々は渇く』のガリマール・フォリオ文庫版（一九八九）を編纂したマリ＝クレール・バンカールは、作家が小説の対象となる時期の史実を調べて創作メモを作り、幾つかの章に正確な日付を指定しているとし、さらにプレイヤード版全集第四巻（一九九四）で、別の原資料によって日付を補足している。それらを頼りに各章の日付を割り出し、言及される現実の出来事を背景に筋書きをたどると以下のようになる（太字は作者が指定した日付を示す）。

一章から三章には**一七九三年四月六日**の日付が指定されている。背景として描かれるのは、三月十一日、三十万人動員令に反発して始まるヴァンデの叛乱、四月六日、国民公会による公安委員会の設置、同十三日、国民公会でジロンド派によるマラーの告発命令を可決、同十一日アシニャ紙幣の流通を決定、英国首相ピットによる対仏大同盟が結成など。

一章の書き出しは上に見たとおりで、二章ではオーストリア軍に敗北して寝返ったデュムーリエの叛逆が報じられ、シテ島のティオンヴィル広場（現ドーフィーヌ広場）に住む庶民階級の人々や、ガムランと同じ建物の屋根裏部屋に住む元貴族の賢人ブロト・ド・ジレトとエヴァリストの母親ガムラン夫人が登場、親孝行で貧しい者にパンを分け与えるやさしい息子を自慢する。三章はオノレ街の版画商ブレーズとの議論とエロディとの出会い。

四章は**九三年四月二十四日**で、ガムランはエロディとのシャンゼリゼ近くでの逢い引きのあと、革命裁判所で無罪放免になったマラーが国民公会に入るのを見送る群衆に混じって「マラー万歳」を叫ぶ。

五章はその一か月後。六章は七月で、食糧危機のなか五月四日の「穀物最高価格法」公布後の逼迫した市民の生活が描かれ、マラーに煽動され民衆が監獄の囚人を襲った九二年の「九月の虐殺」が想起される。

七章は**七月十三日**で、ロシュモール夫人の来訪後、マラー暗殺の報がポン＝ヌフ橋に流れる。八章は**八月九日**で、九二年八月十日の王権停止を祝う記念式典の前日という設定。ガムランとエロディは、連盟祭のあったフェデラシオン広場（シャン・ド・マルス）からセーヌ河岸を散歩する。ルソー『新エロイーズ』のジュリとサン＝プルーさながらに。

九章は**九月七日**、革命裁判所改組でガムラン陪審員に。裁判所のいっさいを仕切る訴追官フーキエ＝タンヴィルと面会する。

十章は**九月八日**、内容は完全な創作。版画商ブレーズが若い画家たちや娘のエロディ、愛人のローズ・テヴナンら女性たちとブロト老を誘い、二頭立馬車でパリ南郊の田舎へ遠出する。小説のアンテルメッツォとも言うべき一泊二日の小旅行。ガムランはゲーテ『若きウェルテルの悩み』を仏訳で読んだ話をし、食糧難で栗の実とパンの皮で生命をつないでいたブロトは、革命前にシャンゼリゼの入り口のグリモ・ド・ラ・レニエール亭で晩餐をしたためたことを思い出す。ややこじつけだが、時代背景を示す指標である。夜は好色漢の画家フィリップ・デマイが宿の納屋に寝ている宿の下働きの女とグロテスクなセックスをする。

十一章は**九月十四日**、ガムラン最初の法廷で被疑者を証拠不十分で無罪に。

十二章も九月。ブロト、半年ぶりに路上にうずくまるロングマール神父に再会、非宣誓僧で公民証明書を持たない宿無しの神父を屋根裏部屋に泊めてやる。九〇年七月の「聖職者民事基本法」は教会を国家の管理下におき、聖職者に憲法への忠誠を誓わせたため、少数の宣誓僧と多数の非宣誓僧に分裂、後者は反革命派とみなされた。「公民証明書（Certificat de civisme）」は革命監視委員会が発行する身分証明書で、九三年九月十七日の「反革命容疑者逮捕法（loi des suspects）」以降、非所持者は逮捕される危険があった。

十三章は**十月二日**で、ガムラン二度目の出廷、上記「反革命容疑者逮捕法」以来容疑者が急増、死刑判決が雪崩を打つ。

十四章も十月、非宣誓司祭ロングマールとエピキュリアンの無神論者ブロトの神学論争。ブロト、カルーゼル広場で警察に追われる若い娼婦アテナイスに抱きつかれ助けを求められる(10)。十月四日に風俗の乱れを取り締まる「娼婦逮捕令」が出ているので挿話として真実味がある。ブロトは屋根裏部屋で月明かりのもと神父と娼婦の三人で清い一夜を過ごす。「一時間ごとと半時間ごとの鐘が所々方々の聖堂で鳴った。ブロトは眠れず、修道士と娼婦との入り混じった寝息を聞いていた。彼の昔日の恋愛のイメージであり証人である月が昇った。そして一条の銀色の光線が屋根裏部屋に差し込んだ。その銀色の光は、ぐっすりと眠り込んでいるアテナイスのブロンドの髪と金色のまつげと、すんなりした鼻と、丸く赤い口を照らした。「これが」、とブロトは思った。「これが共和国の恐るべき敵だとは!」」

十五章は、十月十六日に「オーストリア女」ことマリー゠アントワネットの処刑と、十月三十一日にジロンド派二十一人の裁判と処刑が背景になる。

十六章では、嫉妬心からエロディの前の愛人と誤って旧貴族モベルに死刑判決。背景としては、十月五日に採用された「共和暦」のフリュクティドール(実月)やヴァンデミエール(葡萄月)に慣れないガムラン夫人のとまどい。十一月八日、ジロンド派の女王ロラン夫人の処刑が報告される。

十七章は**十二月十四日**、ブロトとロングマールが逮捕され、それを見たアテナイスは抗議して、わざと「国王万歳!」を叫ぶ。

十八章は九四年一月末から二月。ガムランの妹ジュリが亡命貴族の夫と共にイギリスから帰国、兄に助けを求めるがガムランは拒否。

十九章は**九四年五月十日**、リュクサンブールからコンシエルジュリに回されたブロトや囚人たちの牢獄での日常。ブロト、牢獄の中庭でローズ・テヴナンと再会、鉄柵越しに熱い口づけ。

二十章はガムランの「清廉潔白の人」ロベスピエール礼賛。「外国の廻し者」アナカルシス゠クローツ以下、過激派と穏和派を問わず、反撃者を排除した勇気を讃える。

二十一章は日付なし、完全な創作。夫を救おうとしてマザリーヌ街の革命裁判所判事を訪ねたジュリが肉体を求められ辱めを受けるが、払った犠牲は無駄に終わり、ジュリ悔し涙。

二十二章は六月八日の「至高存在の祭典」と六月十日プレリアル二十二日の「大恐怖政治法」。「予審も、訊問も、証人も、弁護人もなく、被告人は愛国者たる陪審員の前を黙って通り過ぎていく。そしてその間に一瞬のうちに黒白を判断しなければならない[11]」

二十三章では、エロディがガムランを、オレステスの姉エレクトラのように優しく労わる。《エレクトラに看とられるオレステス》はガムランが完成できずに終わった絵。

二十四章は六月、ブロトとロングマール、アテナイス、ロシュモール夫人、牢獄内の陰謀の廉で裁判、陪審員席にガムラン。ブロトは元愛人の反革命の陰謀に加担した罪、神父はアテナイスと恥ずべき乱婚生活を送ったという荒唐無稽な罪に問われ、全員死刑。

二十五章は六月二十六日、フルーリュスの大勝利が伝えられるなか、ガムラン、エロディと最後の別れ。「僕は僕の生命と名誉とを祖国に捧げた。僕は忌まわしい者として死ぬだろう。僕は顧みてやましいことは何もない。これまでしてきたことを、必要とあればこれからもするだろう」。そして、近くで遊んでいた少年を抱き上げ、「君は自由で幸福な人間として大きくなるだろう。僕が凶暴なのは君が幸福になるためなのだ。僕が残忍なのは君が善良になるためなのだ。僕が無慈悲なのは、明日、すべてのフランス人が喜びの涙にくれながら抱き合うためなのだ」

二十六章はガムラン、ロベスピエールとの最後の出会い。その後ろ姿に向かって、「マクシミリアンよ、僕はあなたの悲しみを見た。あなたの憂愁を理解した。あなたの憂愁、あなたの疲労、そしてあなたのまなざしに刻まれていたあの恐怖の色に至るまで。あなたのすべてがこう言っている。〈恐怖政治が終りを告げて、同胞愛の時代が始まらんことを！　フランス人よ、一致してあれ、有徳であれ、善良であれ、互いに愛し合うのだ〉と」

二十七章はテルミドール九日（七月二十七日）、前日国民公会でロベスピエール最後の演説。当日パリ市庁舎のコミューン総会に国民公会のロベスピエール弾劾決議が伝えられ、ロベスピエール逮捕、深夜に発砲で顎に負傷し倒れる。

二十八章はテルミドール十日（七月二十八日）ロベスピエール、クートン、サン＝ジュストと共に処刑。ガムランも続く。

二十九章は「テルミドールの反動」から半年後の冬、恐怖政治を生き延びた人々に逸楽の日々が戻る。生き残ったのは版画商のブレーズ、美男の絵描きデマイ、未亡人になったジュリ、ブレーズの愛人だった女優のテヴナンは新しい愛人をみつけてモンソー村の瀟洒な家に住んでいる。そしてエロディ。現実の裏付けとしては、晩餐のあと三人の女性とデマイがフェイド座で観劇、幕があがると有名なライスが登場、「王党派の伊達者や反革命派の富豪の御曹子が所望した」「民の目ざめ」をテノールで歌う。平土間から「マルセイエーズ」を歌った男が罵声で押しつぶされ、「テロリストを打倒しろ！　ジャコバン派を倒せ！」の叫びが響きわたる。

エロディを弄《もてあそ》んだ元の愛人が、ロシュモール夫人の若い情夫として度々登場していた「美男の愛国的な龍騎兵」アンリであることが明かされる。エロディの新しい愛人が、第十章のパリ南郊への遠出で宿の女中とセックスしたデマイであることがほのめかされる。

デマイは芝居がはねると一頭立て二輪の馬車を呼んでエロディを「恋の画家」まで送る。馬車が「恋の画家」の前でとまるとエロディは馬車から飛び降りで「さようなら」を言うが、デマイがどうしてもと哀願するので、「もう晩《おそ》いわ、ほんのちょっとだけよ」といって「青い部屋」に上げる。寒いので暖炉に火をつける。デマイはエロディを腕に抱く。エロディはデマイの腕から身を振りほどくと、「ちょっとお待ちになってね」と言って、暖炉の鏡の前でゆっくりと髪を解き、左手の薬指にはめていた指輪、ガムランからもらったマラーの画像がすり減って見分けがつかない小さな銀の指輪をそっと抜きとり焔の中に投げ込んで、新しい愛人の腕に身を投じる。そのとき読者は、ごくマイナーな脇役に過ぎない色男のデマイを作家がいかに周到に小説の前半から登場させていたかに気づく。

ブレーズ嬢は夜もかなり更けたとき、新しい愛人にアパルトマンの戸をあけてやり、声をひそめてこう言う。「さようなら、あなた。父が帰って来る時刻だわ。もし階段に物音がしたら、速く上の階に上がるのよ、そして人に見られる危険がなくなってからしか降りてはいけないわ。通りに出る戸をあけてもらうには、門番部屋の窓を三度ノックなさいな。さようなら私のいのち！さようなら、私の大切な方！」

これは十一章で、エロディがガムランと最初の夜を過ごしたとき、別れ際にガムランに言った言葉とまったく同じである。まるで一年三か月の間に何事もなかったように、ガムランが命をかけて払った犠牲はまったく無駄だったかのように、相手を変えて同じ言葉が繰り返される。

こうして『神々は渇く』は、九三年四月六日から九四年七月二十七日まで、すなわち恐怖政治の発端から破局までの時系列を史実で裏付けながら、架空の登場人物の心理と行動にスポットをあてたフィクションであることがわかる。史実はあくまで物語の背景をなす書割であって、物語に真実味を持たせるために挟まれるだけである。フィクションとしての物語が歴史に忠実であるかどうかを詮索することに意味はなく、[12]読者は複雑な筋書き《アクション》の展開を追いかけて楽しめばそれでいい。ただし巧妙にいくつもの伏線が張られているので、二度、三度と繰り返し読まないと作者の仕掛けに気がつかない、うまくできた小説である。[13]

Ⅳ　ジャコバン批判の反革命小説か？

残された問題は、『神々は渇く』は一部の、あるいはかなりの読者がそう解釈したように、一七九三〜九四年の恐怖政治を政治的ファナティズムが生んだ悲劇として断罪する反革命小説なのかどうかである。一九八九年のフランス革命二百周年に『神々は渇く』のフォリオ文庫版を出したバンカールは、この小説は九十三年のジャコバン独裁を革命の「デラパージュ（逸脱・横滑り）」として否定した「修正主義史学」のフランソワ・フュレを予言するとしている。修正主義史学とはソルボンヌ・フランス革命史研究所の「ジャコバン・マルクス主義」正統史学から見た命名である。だが、この論争からはすでに三十年以上も経っており、いまこの小説がフランスの革命史家たちによってどう評価されているか、私は知らない。

たしかに作者はブロトの口を借りて、「私は理性を愛してはいるが、理性のファナティズムは好まない。理性は私たちを導き、私たちを照らしてくれる。しかし理性が神として奉られるようなことになったら、それは私たちを盲目にし、私たちに数々の罪を犯させるだろう」と言い（六章）、無神論を革命の敵として「至高存在の祭典」を組織したロベスピエールと、ロベスピエールが敬愛したジャン＝ジャック・ルソーの「公民宗教」を暗に批判している。ここはもっと精緻な分析を要するが、一つだけ確認しておくべきは、『神々は渇く』がもともとは中世の異端審問のテーマから着想されていることだ。ジャコバン・クラブがジャコバン修道院にあったことを想い出そう。「かつては偉大な異端糾問者の精神上の息子たちが身を寄せていた部屋に、今や祖国に対する熱狂的な糾問者たちが集まっている」「今後は、革命裁判所は、かつての宗教裁判所のように、絶対的な犯罪を、言葉の上の犯罪までをも、追及することになるであろう」（十三章）。宗教には右の宗教も左の宗教もなく、個人の批判的理性を曇らせ、集団を狂信と暴力に導く宗教はすべて悪である。無心論者ブロトの宗教批判は、神への信仰を絶対化して異端を許さない右の宗教にも、理性を神として崇拝する革命の宗教にも向けられる。

ブロトははじめからガムランに忠告していた。「真理と誤謬とを見分けることは、人間の弱い精神の到底よくするところではない。私が君たちの裁判長だったら、サイコロを振って判決を下すだろうよ」（八章）。ブロトはロシュモール夫人に、「最もありそうなことは、革命裁判所がその裁判所を制定した体制の破壊をもたらすだろうということです。革命裁判所はあまりに多くの人々の生命を脅かしていますからね。私は考えれば考えるほど、共和国を救うために打ち建てられたこの裁判所が、かえって共和国を破滅させるだろうと思うのです。革命裁判所には低劣な正義感と平板な平等意識とが支配しています、これがやがて革命裁判所を憎むべきもの嗤うべきものにし、万人に嫌悪を催させることになるでしょう」と予言する（十二章）。最後には、コンシエルジュリの獄中にあって、再会したローズ・テヴナンに、中庭の鉄柵越しに言う、「裁判官や陪審員や、例えばガムランなどを動かそうとしてはいけない。あの連中は人間ではない、《物》ですよ。《物》に向かって釈明してもはじまりません」（十九章）

神々が存在しないこの世界にあって、「快楽の探究をもって人生の唯一の目的とする」（六章）ブロトは、主人公のガムランと対をなす人物として、物語に深みを与える。最終局面に向かって、ガムランは破滅への道を突き進み、信仰を持たずに現世の生を愛したブロトは悠揚迫らぬ態度でギロチンの刃の前へ歩む。作者は最後までそれぞれの信念を曲げなかった二人を革命の大きな歯車の犠牲者として描き、どちらか一方を善、他方を悪として裁いているようには思われない。

訳者の大塚幸男は『神々は渇く』は反革命小説ではないと言い切り、作者が小説に込めたメッセージを次のように引用している。「主人公ガムランは、ほとんど化物のような人物だ。しかし人間は徳の名において正義を行使するにはあまりにも不完全であること、されば人生の掟は寛容と仁慈とでなければならないことを、私は示したかったのだ」

クンデラは、「感嘆すべきは、アナトール・フランスが、恐怖政治の時代の重さを軽い文体で扱うことができたこと」で、「耐えがたいまでに劇的な〈歴史〉と耐えがたいまでに平凡な日常性の共存、人生のこの二つの対立する側面が絶えずぶつかり、矛盾し、互いに相手を茶化す、イロニーにきらめく共存」がこの小説の大きなテーマであるとして、特に第十章のパリ南郊への馬車による一泊二日の楽しい遠出のエピソードを、小説の後半で展開される革命裁判の対極に置いた小説家の技巧を称賛する。アナトール・フランスが恐怖政治の悲劇を批判的に描き出したとしても、革命そのものを否定しているのでないことは、「テルミドール十日」から半年後の、「反革命のあふれんばかりの幸福感のうちに進行する」寒々とした光景を描いた最終章を読めば疑う余地はないというのである。

クンデラは、『神々は渇く』が「いつもフランス国内よりもフランス国外でよく理解されてきた」と言うが、まさにクンデラにはるかに先立って、アナトール・フランスを擁護したのは、イギリスの作家ジョージ・オーウェル（一九〇三－五〇）である。今あらためて注目されている全体主義批判のディストピア小説『一九八四年』の作家は、『動物農場』を発表する前年、一九四四年六月の『トリビューン』紙のエッセーで、明らかにアナトール・フランスの主要作品を全部たぶんフランス語で読んだ上で、アラゴンとドリュ＝ラ＝ロシェルによる一九二四年のパンフレット

『屍』の、フランスに対する嘲弄と無理解に言及しながら、実に適切な言葉と共感をもって、二十年前に亡くなった「気取り屋のポルノグラフィックな作家」の再評価を行っている。このエッセーが翻訳されているかどうかわからないので、英語原文と仏訳を注で示すにとどめ、[14]私がまだよく知らない二人の作家の寓話小説の比較は他日を期すことにしたい。

このように、アナトール・フランスはいろいろ思いがけない方向に問題関心を広げてくれる作家である。ちなみに、フランスが一九〇四年の日露戦争中に書いた『白き石の上に』は、私が十九世紀末のヨーロッパから広がった「黄禍論」について調べているなかで必読書であることに遅まきながら気がついた本である。アナトール・フランスは人種問題に敏感な作家だったが、この哲学的対話の第四章で、キリスト教ヨーロッパを黄色人種の侵略から守れという黄禍論に対し、「黄禍」の元には、ヨーロッパのアジアに対する植民地主義的侵略が、すなわち「白禍」があったという、当時のヨーロッパで誰も言わない少数意見を述べていたのである。このテキストがフランスでは見過ごされ、日本では柳田國男以来、一部の識者によって注目されたのは謂《いわ》れのないことではない。[15]

註

（1）中島健蔵編『フランス文学読本』（東京大学出版部、一九五一）所収。サルトルとカミュで終わる同書で、加藤周一は「ジャン＝ポール・サルトルと実存主義」のほか、本書との関連では「ロマン・ロランと《ユーロップ》」も書いているが、ロランの『革命劇』には言及がない。一九五一年は加藤周一が『抵抗の文学』（岩波新書）を発表してフランスに出発した年である。

（2）川田順造「日欧近代史の中の柳田國男」、『文化の三角測量』（人文書院、二〇〇八年）所収を参照。

（3）ただしノーベル文学賞は、一世代下のロマン・ロランが『ジャン・クリストフ』の成功により大戦中の一九一六年に受賞している。

（4）ユゴーの国葬については田中琢三「バレス『デラシネ』におけるユゴーの葬儀」、お茶の水女子大学『人文学研究』No.16, 2020. ゾラについては福田美雪「第三共和政の危機　エミール・ゾラのパンテオン葬」、獨協大学『フランス文化研究』No. 49, 2018を参照。いずれもネットで閲覧できる。

（5）評論集『出会い』（二〇〇九／西永良成訳、河出書房新社、二〇一二年）の第三部「ブラックリストあるいはアナトール・フランスに捧げるディヴェルティメント」を参照。

（6）小説論『カーテン』（二〇〇五／西永良成訳、綜合社、二〇〇五年）の一七〇頁を参照。

（7）アナトール・フランスは一八七六年第三次『現代高踏派詩集』の編集にあたり、マラルメの『牧神の即興』の掲載に反対した。マラルメの弟子をもって任ずるヴァレリーは、フランスの死によって空席になったアカデミーのその席に選ばれたとき、アカデミーの慣習を破って前任者の名前にまったく触れずに入会演説を行い、師マラルメへの意趣返しをした。「アカデミー・フランセーズへの謝辞」、『ヴァレリー集成Ⅰ』（筑摩書房、二〇一一年）の恒川邦夫訳と解説を参照。

（8）引用は以下よりの孫引きである。Marie-Claire Bancquart, Anatole France et Paris, in *Cahiers de l'Association internationale des études françaises*, 1990, No. 42.

（9）『神々が渇く』が刊行された一九一二年はルソーの生誕二百周年にあたり、ドレフュス事件とはまた違った形でルソー派と反ルソー派の激しい論争があった。急進派主導の政府が議会に、ルソー年を祝う三万フランの特別予算を提案すると、モーリス・バレスはそれに真っ向から反対する演説を行い、シャルル・モーラスは『アクション・

フランセーズ』にルソーの弾劾記事を書いた。反ルソー派は反ドレフュス派と重なるが、この論争におけるアナトール・フランスの立ち位置は調べていない。

(10) アテナイスはルイ十四世の愛妾だったモンテスパン夫人のファーストネームだが、アナトール・フランスが読んだに違いない『フランス革命史』の著者ミシュレの二番目の妻の名前でもある。

(11) ジャック・ゴデショ『フランス革命年代記』(日本評論社、一九八九年)によれば、革命裁判所が設置された九三年四月六日から九四年六月十日のプレリアル法までの間に一二五一人に死刑判決が言い渡され、六月十日から七月二十七日(ロベスピエール没落の日)までに一三七六人に死刑判決が言い渡されたというから、即決簡易裁判の加速度ぶりが推し量られる。

(12) 前出ジャック・ゴデショ『フランス革命年代記』で確認しても、言及される事件の日付はほぼ間違いがない。

(13) アナトール・フランスにおける歴史小説について、近藤矩子に「歴史と文学　クリオとアナトール・フランス」の優れた論考がある。ネットで閲覧できるが、一九六八年十一月に九州フランス文学会で発表されたこの論考の掲載誌は不詳である。

(14) George Orwell, As I please, in *Tribune*, 23 June 1944. 同エッセーの仏訳は *À ma guise, Chroniques 1943-1947*, Agone, 2008所収。いずれもネットで閲覧できる。

(15) 註(2)の川田順造「日欧近代史の中の柳田國男」のほか、早くは飯塚浩二「白禍と黄禍――日露戦争中のアナトール・フランス」、『東洋への視角と西洋への視角』(岩波書店、一九六四年)、平川祐弘「黄禍と白禍――アナトール・フランスをめぐって」、『和魂洋才の系譜』(河出書房、一九七一年)がある。

第六章

フランス革命の一大叙事詩劇

——ロマン・ロラン『フランス革命劇』

エリック・アヴォカ
（三浦信孝 訳）

ロマン・ロラン Romain Rolland（一八六六－一九四四）

ブルゴーニュのクラムシー生まれ。高等師範学校（エコール・ノルマル）に学び、『近代叙情劇の起源』で博士号、母校で芸術史、パリ大学で音楽史を教えた。作家としては一八九八年にドレフュス事件の只中で発表した革命劇『狼』で出発、「民衆演劇」を唱える。ベートーヴェン、ミケランジェロ、トルストイの伝記を書き、ドイツ人の天才的作曲家の生涯を描いた長編小説『ジャン・クリストフ』で一九一六年ノーベル文学賞を受賞。第一次大戦が起こると『戦いを超えて』で反戦平和を訴え、中立国スイスのヴィルヌーヴに居を移す。二三年創刊の『ウーロップ』誌を支え、三三年に『魅せられたる魂』を完成。三〇年代は反戦反ファシズムからソ連社会主義に傾くが、スターリンの恐怖政治に幻滅。ロシア人の亡命女性と再婚、三八年から晩年を過ごしたヴェズレーで没した。

『フランス革命劇』*Théâtre de la Révolution*（一八九八－一九三九）

八篇の連作戯曲から成るフランス革命の一大叙事詩劇。世紀転換期から大戦間期まで、断続的ではあるが四十年をかけて執筆。翻訳はみすず書房刊『ロマン・ロラン全集』全二十四巻のうち、『フランス革命劇Ⅰ』に序曲『花の復活祭』、『七月十四日』、『狼』、『理性の勝利』、『愛と死との戯れ』、『フランス革命劇Ⅱ』に『ダントン』、『ロベスピエール』、終曲『獅子座の流星群』が収録されている。序曲は革命前、終曲は革命後に設定されているが、残り六作は一七八九年から九四年まで、なかんずく九三年から九四年の恐怖政治期を舞台とする。

はじめに

ロマン・ロランの『フランス革命劇』は、私たちを二つの長い旅に誘う。八篇の革命劇中に流れる十八世紀最後の四半世紀への旅と、その構想と執筆に費やされた十九世期末から両大戦間期にいたる四十年への旅である。後者は、革命期に劣らずフランス社会を深く変容させた極めて濃密な四十年であり、一八九八年の第一作『狼』の執筆と上演に始まり、一九三九年一月一日に『ロベスピエール』の後書き「言葉は歴史のものである」にピリオドを打って終わる。ロマン三十歳から七十二歳まで四十年をかけて執筆された連作八編を、まず制作年順に作品タイトルと、それぞれの作品の舞台となっている対象年をあげておく。(1)

- 一八九八年『狼』*Les Loups*　一七九三年
- 一八九九年『理性の勝利』*Le Triomphe de la Raison*　一七九三年
- 一九〇一年『ダントン』*Danton*　一七九四年
- 一九〇二年『七月十四日』*Le 14 juillet*　一七八九年
- 一九二五年『愛と死との戯れ』*Le Jeu de l'Amour et de la Mort*　一七九四年

・一九二六年『花の復活祭』*Pâques fleuries*　一七七四年
・一九二八年『獅子座の流星群』*Les Léonides*　一七九七年
・一九三九年『ロベスピエール』*Robespierre*　一七九四年

交錯するこの二つの旅程の全体像を把握するためには、マリオン・デニゾの優れた著作『ロマン・ロランの革命劇、民衆劇と国民の物語』から革命劇八篇の包括的リストを借用するのが便利である。デニゾは原作者のメモに従って、作品の舞台となった年代順、すなわち革命の進展に沿って並べ、それぞれの戯曲の制作と刊行年にその上演記録を付している。(2)

・『花の復活祭』序曲（一九二六）、舞台は一七七四年、クルトネ大公の城館
・『七月十四日』（一九〇二）、舞台は一七八九年七月十二日〜十四日のパリ、上演は一九〇二年と一九三六年
・『狼』（一八九八）、舞台は一七九三年のマインツ、上演は一八九八年、一九〇〇年、一九三六年
・『理性の勝利』（一八八九）、舞台は一七九三年七月〜八月のパリ、上演は一八九九年
・『愛と死の戯れ』（一九二五）、舞台は一七九四年三月末のパリ、上演は一九二八年、一九三九年

・『ダントン』(一九〇〇)、舞台は一七九四年三月二十四日〜四月五日のパリ、上演は一八九九年、一九〇〇年に二回、〇三年、〇四年、三六年
・『ロベスピエール』(一九三九)、舞台は一七九四年四月五日〜七月二十八日のパリ
・『獅子座の流星群』終曲(一九二八)、舞台は一七九七年九月末〜十一月半ば、スイス・ジュラ麓のソリウル

(一)まず、作品の舞台となった年代に注目するならば、連作の大半、正確には八編中五編が一七九三年から九四年を舞台としている。これは九二年九月に国民公会が共和国を宣言して最初の二年間にあたり、様々な対立が積み重なって革命が絶頂に達する時期である。九三年一月のルイ十六世の処刑から九四年七月のロベスピエールの処刑まで、実に多くの出来事があった。対仏大同盟に対する革命戦争が激化するなかで、マラーの暗殺、「平和到来まで」の期限を定めない革命政府の樹立、ジロンド派対山岳派からロベスピエール派によるエベール派(過激派)、次いでダントン派(寛容派)の排除まで革命家グループ間の兄弟殺し的抗争、山岳派による恐怖政治ははじめ九二年の「九月虐殺」など民衆の叛乱を抑える合理的弾圧政策だったが、それを理論化し推進した者たちにも制御できなくなってしまう。
この時期はユゴーの作品によって伝説化されている。作中の表現を借りるなら「恐るべき一年」をタイトルにした『九十三年』である。一八七四年に刊行されたこの作品は、青春期のロマン・

ロランに深い刻印を残した。(3)

(二) 次に制作の順番を見ると、執筆は大きく三つの時期に分かれ、それぞれの間に大きな開きがあることから、ロランが知的、精神的、思想的変化の過程で革命を取り上げる内的必要性に迫られ、ワーク・イン・プログレスで革命劇を書き続けたことがわかる。

マリオン・デニゾは三つの時期それぞれの執筆動機を次のように分析している。第一期は世紀転換期で、『狼』以下四作はドレフュス事件によって分裂の危機にあったフランスの国民的統一への顧慮である。第二期はロランがスイスに移住した一九二〇年代半ばの三作で、革命における暴力の役割についての関心が動機になっており、この関心はガンジーとの交流によって深められる。(4) 第三期は一九三八年で、『ロベスピエール』執筆のきっかけはモスクワ裁判で吹き荒れるスターリンの恐怖政治に対する驚愕である。

(三) さらに、演劇作品がもつ二重の性格により、戯曲執筆の時系列との関連で上演記録の時系列を見ると、これまた興味深い。ロマンの初期作品の上演には二つの演劇美学の極があった。一つは『狼』と『理性の勝利』を制作座《ウーヴル》で上演したリュニェ＝ポーの前衛的象徴主義演劇。もう一つは、後に一九二〇年に国立民衆劇場ＴＮＰを設立するフィルマン・ジェミエで、一九〇二年に『七月十四日』をルネサンス座で上演している。このほか人民劇場やベルヴィル民衆劇場や公民劇場などで民衆劇の様々な実験が行われている。中期の『愛と死の戯れ』は初めジェミエがオデオン座で上演するが、コメディー・フランセーズの演目に入るのはかなり後の一九三九年七月である。

民衆劇が上演する劇場に苦労し転々としたのは、ブールヴァール劇と呼ばれる商業演劇とは別な選択肢を大衆に提供しようとしたからであり、しかも民衆劇は象徴主義演劇のようなエリート主義的抽象性に陥るのを避けようとした。ロマン・ロランが民衆劇運動の中心人物と見なされたのは、一九〇三年発表の『民衆演劇論』による。その中でロランは民衆劇を、ディドロ、ルソー、メルシエら啓蒙の世紀の哲学者や劇作家の革新思想に始まり、革命期の革命祭典や、民衆に現在進行中の論争を映しだす鏡を提供する時局劇の系譜に位置づけている(5)。

ロランが民衆劇の象徴的存在として注目された二つ目の理由は、おそらく「民衆劇」の概念と『革命劇』という作品のタイトルと内容との関係にある。『革命劇』が民衆劇を具体化したものなのか、民衆劇が『革命劇』の鍵なのか。両者の間に重複や交差あるいは緊張があるのか。この問いについては後で立ち帰るが、その前に戯曲が描く物語と上演の歴史の時間軸がどう絡み合っているかを見ておく。

I　革命の歴史と革命劇連作の二重の糸

ロマンが革命劇サイクルの第一作『狼』を執筆したのは一八九八年三月で、ドレフュス事件の真っ只中だった。二か月前にゾラが有名な「我、弾劾す」を『オロール』紙一面に発表してドレフュスの再審を求める署名活動が始まり、作家、教授、芸術家を巻き込んだ運動に発展する。二十世紀フランスの鍵となる「知識人」が生まれるのはこの時だ。複雑な理由から、名声を得る前の若い作家だったロマン・ロランは、この運動に距離を置いており、ドレフュス事件への関与は、事件を一七九三年のプロイセン対革命フランスの戦争の文脈に置き換えた歴史劇という間接的な形をとる。ドレフュス事件の展開に困惑したロランは、フランス革命の中に状況を理解する鍵を求めたのである。しかし同時に彼は、自分の躊躇や混乱を覆い隠すような神話を革命に投影した。ロランは『狼』の完成後、その意図を友人宛にこう説明する。

私のドラマの主題は、人間の最も烈しい義務を互いに対立させ、互いに他を破滅させる残酷な「宿命」です。この正義と祖国との間の闘争をいっそう偉大なものたらしめるために、私はこの主題を、いかなる時代にも増して英雄的なフランス革命の時代に移しました。そこでは美徳は壮大なものとなり、悲劇的状況ゆえに悪徳も偉大なものになっています。「…」私はこの実例によって、敵対する双方に、相手方にも偉大なものがあることと、双方を引きずっていく絶対的な運命――人間のあらゆる罪の真の罪人である「運命」について反省させたいと思いました。(一八九八年五月二十二日付、マルヴィーダ宛、宮本正清訳)(6)

ドレフュス事件を「正義と祖国との戦い」に還元するのは無理があり、対立するどちらの党派にも与しない調停者的立場も説得的でない。こうした偽りの二律背反、見せかけの無党派性は、フランス革命を不透明な膜で覆い、論点と価値観の混乱を招いてしまう。作品に内在する混乱が表面化するのは一八九八年五月十八日の上演の時で、観客の反応はドレフュス派と反ドレフュス派の対立軸とは一致しなかった。

『革命劇』の幕開けは幸先の良いものではなかった。若い劇作家ロランの『狼』上演のスキャンダルによる成功は、高等師範学校《エコール・ノルマル》、歴史の教授資格《アグレガシオン》、博士論文『近代叙情劇の起源』と、すでに完璧な学歴をもつ優れた歴史家にふさわしいものだったろうか。

この作品は、執筆の契機となったドレフュス事件の文脈とは切り離し、独立した作品として読むほうが興味深い。舞台は一七九三年のプロイセン軍によるマインツ攻囲である。マインツ防衛にあたっている貴族出身の共和軍司令官ドワロンは、敵方と通じている兄弟が画策した虚偽の告発の犠牲になる。豚肉商で庶民階級出の司令官ヴェラは、戦場での英雄だが、貴族階級への憎悪から間諜を使って謀略に加担する。こうした両義性を前にして、調査にあたった科学者の司令官ツーリエは、被疑者の無実を知りながら、祖国というより大きな大義のためにドワロンに死刑を宣告する。

二律背反の構図は確かにあるが、道徳的透明性を歪めるリスクを犯してまで無理にドレフュス事件に当てはめるより、もっと広いテーマの枠組みに組み込む方がよさそうだ。古代悲劇に見られる「敵対する兄弟」のトポスが、階級対立と政治参加における社会的決定論を加味することでアクチュアリティを帯びてくる。ユゴーの『九十三年』とも通底する視点である。

革命劇サイクルの最後は一九三八年である。ロマン・ロランは一月に革命劇を締め括る作品の執筆という途方もない企てに取りかかる。主人公の名を冠して『ロベスピエール』と題した桁外れの作品である。この時ロランは、すでに栄光に満ちた著名な作家だった。一九一四年夏に大戦が勃発すると独仏双方の偏狭な愛国主義を批判する『戦いを超えて』を発表して「祖国の敵」になったロランは、『ジャン・クリストフ』の成功によって一九一五年のノーベル文学賞を翌年受賞する。しかし作家としての威信と影響力の頂点は過ぎ去っていた。その頂点は一九三六年夏の「人民戦線」の時で、ロランは共産党の同伴者として人民戦線内閣を熱心に支持していたが、それから二年足らずで人民戦線の熱気は冷えていた。三六年春の選挙で勝利した左翼連合は分裂しつつあり、ロラン個人は、スターリンの恐怖政治がボルシェビキ革命以来の同志に向かい始めたことで、精神的イデオロギー的に動揺の中にあったからである。ロランは距離を置いて事態を見守り、弾圧が軽減されるよう密かに仲介を試みるが、試みは全て失敗に終わり、批判と承認のあいまいな態度が原因でどちらの共感も失うはめになる。歴史家たちが「脅威の高まり」と呼んだ情勢の推移に沿って執筆が進められ、劇のプロット、登場人物の台詞は、ソヴィエトの悲劇を前にした作者の狼狽を反映している。作品は三八年三月の「アンシュルス」(独墺併合)の数週間前に書き始め、九月のミュンヘン会談の直後に書き終えており、戯曲は三九年七月末にラジオで放送された。迫りくる大戦への準備の中で、フランス革命一五〇周年の記念行事が控え目に行われる奇妙な時期だった。

ロランの演劇作品の特異性は、まさにこの長い期間における前進と後退、転換と停滞、連続と不意打ち、一言にして長期持続における蛇行と屈曲にある。フランス革命が人間の想像力から引き出した作品は数々あるが、九三〜九四年に焦点をあてたロマンの革命劇はきわめて長い歴史的射程をカバーする。四十年にわたる創作の時間は、フィクションのなかに刻まれた時間とオーバーラップする。

ドラマの時間性は革命のはるか上流にさかのぼる。序曲『花の復活祭』の筋立てとして一七七四年という年は恣意的に見えるかもしれない。だが、戯曲のテーマが家長としての父、父親の権威、その嫡出子と非嫡出子、認知された子と認知されない子の間の相続争いであってみれば、一七七四年はルイ十六世の統治がはじまった年として正当化できるだろう。アンシャン・レジームの政治思想と社会構造においては、国王と父親が互いのメタファーとして結びついていた。

下流においては、革命劇サイクルの最後の道標は革命の十年の枠内、すなわちナポレオンの一七九九年のクーデタ以前にとどまる。劇作家は、名ばかりになった共和国には関心がない。ナポレオンのクーデタによって、共和国は消え失せた崇高なヒロイズムのこだまと化すが、第一執政は横領した共和国の名称を高度に洗練されたアイロニーによって五年間だけ維持する。フランスは執政政府（Consulat）という共和国のパロディーになるが、ロランはこの時期に歴史的にも美学的にも特別の関心を示さない。この時期には、家族から国家まで人間の共同体を脅かす分裂の強迫観念が支配する悲劇的歴史観にふさわしい「亡命」のテーマに取り組むことを選ぶ。「亡命」こそ、血を分けた兄弟であれ、一七九三〜九四年の仮借なき党派間抗争にあけくれる共和主義者たちであれ、敵対する兄弟間のユートピア的和解の場を提供するテーマなのである。

実際、終曲『獅子座の流星群』の舞台となる一七九七年のスイス領ジュラのソリウルという、牧歌的でほとんど夢幻的な中立の外地ほど、このユートピア的和解を実現するにふさわしい場所はない。『獅子座の流星群』には序曲『花の復活祭』の登場人物が二十三年の歳月を隔てて再登場する。亡命貴族のクルトネ公爵と追放された元革命議会議員マチュー・ルニョーである。登場人物のあいだには象徴的喚起力をもつ存在が姿をあらわす。『革命劇』の幾つかの戯曲に姿を変えて登場するジャン＝ジャック・ルソーである。『花の復活祭』では「エミール」の老家庭教師として六十二歳のルソーが登場し(7)、『獅子座の流星群』では、マチュー・ルニョーの息子のジャン＝ジャックという少年の姿で再登場する。歴史的フィクション年代記の大団円『ロベスピエール』では、まず「熱月《テルミドール》七日」に、モンモランシーの小丘の木陰でまどろむロベスピエールの前に「ルソーの身なりと顔立ちをした一人の老人」が忽然と現われ消えていく。ついで運命の「熱月《テルミドール》十日」の朝、重傷のロベスピエールの半意識のなかに、シェイクスピア劇の亡霊さながら、ルソーの幻が現れる(8)。

ドラマのサイクルのこのような深い構想は、ギリシャ悲劇やシェイクスピア史劇にしかそれに匹敵するものがない、と私には思われる。ロマン・ロランは彼の革命史ヴィジョンをこのような国民の創生神話の高みに引き上げようとしたのである。

最初の三作を収めた一九〇九年の『革命劇』序文で、ロマン・ロランはフランス革命を「フランス国民のイリアス」と定義している。彼はこの叙事詩的ヴィジョンを、長年温めてきた「民衆演劇」構想に結びつけて、こう書く。

> とりわけ、国民の魂の真の源泉となった「革命の伝説」を掘り起こすこと。ジャンヌ・ダルクなど若干の挿話以外にはあまり一般に受けない、すっかり忘れられた古いフランスの歴史を犠牲にしても。これを、シェイクスピアのように、叙事詩的、抒情的でしかも写実的に描くのである。民衆《プープル》のドラマ、国民《ネーション》のドラマにおいては、大衆《マルチチュード》に、民衆に、重要な地位が与えられなければならない。（『青春時代の思い出』の付録「私の劇への序文」ノート、宮本正清訳）

ここに見られる用語の並列は定義としての価値を持つ。「民衆」の概念はその最も広い意味でユナニミスト的で融合的な、同時に理想主義的で肉体的な意味において理解される。インスピレーションの源泉はルソーにあり、民衆とは『ダランベールへの手紙』で示されたような、公民祭典で具象化される社会契約の人民である。

民衆劇理念が具体的に実現された行程を振り返るとき、一つの決定的日付が注目される。ロマン・ロランの民衆劇が舞台用に構想したイメージと、束の間ではあるが完璧に一致する歴史的瞬間がある。七月十四日は一八八〇年以来、革命記念日として「国民の祭日《フェット・ナショナル》」になっていたが、一九三六年七月十四日がロランの革命劇にとって重要な日付になる。その日、パリの共和国広場に近いグランブルヴァールにあるアルハンブラ劇場で、ロランの『七月十四日』が上演される。初演では不評だった一九〇二年の戯曲が、三十四年後に初めてその観客に出会うのである。上演の成功は見事なポスターのはたらきによるところが大きい。ピカソが舞台の幕にアレゴリーの力にみちた絵を描き、舞台音楽には作曲家のダリウス・ミヨーとアルチュール・オネゲルが協力した。ロランは詳しい注意書きで、観客の熱い同調を引き出し、狙った政治的効果をあげるための重要な役割を音楽に付与していた。

この最後の場の目的は、観客と作品との結合を実現し、観客席と舞台との間に橋をかけ、劇のアクション（筋）を実際のアクション（行動）たらしめることにある。ドラマは突如として民衆に直接語りかける。デムーラン、ラ・コンタ、マラー、オーシュたちは民衆に呼びかける。しかしそれだけでは十分でない、言葉では足りない。この作品に論理的完成を与え、歴史的事実にその普遍的な意義を与えるには、新しい一つの力、すなわち「音楽」を、受動的大衆を揺すぶり動かす音の専制的な力を舞台に入れることが必要である。

(『七月十四日』「最後の場に関する注」、宮本正清訳)

しかし『七月十四日』上演の成功は、基本的には、戯曲のタイトルと上演のイベント環境の間にこだまが返る記念行事的《コメモラシオン》次元による。筋立て《アクション》の中心は、パリの民衆が蜂起して、囚人の解放より武器の奪取を目的にバスティーユ要塞を襲撃した事件にあり、それによって祝祭日の精神は歴史上の真実と同時に現在の現実によりマッチした方向に向けられる。国民的伝統において、「七月十四日」はバスティーユだけでなく、もう一つの象徴的場所であるシャン・ド・マルスに送り返される。バスティーユ襲撃の一年後に、国王を含む公的権威を中心に国民的一体性の雰囲気のなかで「連盟祭」が行われた場所である。この二重の記念行事《コメモラシオン》において、一七九〇年は一七八九年に上書き《パランプセスト》されるが、オリジナルの事件はかき消されることなく、その表現が和らげられ、いわば飼い慣らされる。『七月十四日』の上演はバスティーユ襲撃をその誕生のエネルギーをもって前面に押し出すが、同様のパースペクティヴの修正は一九三六年の人民戦線に対しても行われなければならない。人民戦線を国民的一体感をもたらす連盟祭の歴史的記憶の中に入れ込むことで、その分裂や断絶の性格は和らげられる。人民戦線内閣が行なった最も象徴的な社会改良政策（二週間の有給休暇、週四十時間労働、企業における団体協約の制度化）は、その後「社会政策の成果」として集合的遺産の一部になる。こうした長期的展望はしかし、歴史上はじめて社会党のレオン・ブルムを首班とする社共に急進社会党を加えた左翼連立政権の成立という新事態の不安要因を消し去るわけではない。社会党も共産党もブルム自身「プロレタリア」政党と呼ぶ、マルクス主義の階級闘争理論をドクトリンとする政党である。

七月十四日のアルハンブラ劇場での上演は、ルイ・アラゴンが指導する共産党傘下の政治的文化組織「文化の家」の主導で六か月かけて準備されており、現代における革命事業の継承者による国家権力の合法的掌握を象徴していた。レオン・ブルムの観客席での存在は、一七八九年の記憶を一九三六年に転移し、革命と人民戦線の勝利を二重写しにする。首相はスペクタクルを公式に聖別化することで、逆にそこから首相就任の象徴的信任を引き出す。劇場で観客が首相に寄せた拍手は、議会でブルムへの信任票を投じた議員たちの投票に匹敵する価値をもつ。三十五年前に書かれたテキストが定める戯曲のドラマ構造は、二重の効果によってこのメカニスムを強く裏打ちする。

（一）一つ目の効果は、スペクタクルの最後に観客に向かって発せられる「民衆の祭典」への参加の呼びかけである。複数の登場人物が観客に向かって、「自由の勝利」を「さらなるバスティーユ」の奪取に結びつけ、自由の輪を広げて「平等」を「人類の普遍的友愛」へと拡張しようと呼びかける。共和国の標語「自由・平等・友愛」が先取りされ、その地平が戯曲が産み出す力学を駆動させるのである。

戯曲の中心的登場人物はフランス劇場（コメディ・フランセーズ）の女優ラ・コンタだが、彼女は舞台が進行するにつれ熱狂的興奮にとらえられ、最後にこう叫ぶ。「兄弟たち、私たちと一緒に歌いなさい。私たちの祭はあんた方の祭だ。これは過ぎ去った行動の空虚なコピーじゃないんだよ。私たち皆んなの勝利なんだ、あんた方の解放なんだ！」

興味深いのは、フィクションから現実へのこの移行が、現実世界の人物によって担われていることで（ラ・コンタは架空の人物ではない）、その人物の女優としての役割は観客をフィクションの世界に運ぶことである。現実とフィクションの間のこの往還運動が二つの領域を緊密に結びつける。

（二）ドラマのアクションのもう一つの特徴は、個人の形象に代わって集団的英雄が前景化されていることである。一九〇一年初版の「序」にあるように「個々人は民衆の大洋の中に消え去る」。アクションの具体的展開で、この現象は、歴史家たちが一七八九年七月の事件における重要な役割を認める第一級の歴史的人物マラーとデムーランによって例証される。二人の役割は、皮肉なことに、出来事を先導するのではなく出来事を追いかけるジャーナリストの機能に限定され、完全に乗り越えられている。デムーランは自分が雄弁家だと思っているが、民衆の波の中から浮かび上がるのは、無名の人々であり、女優であり、自由の生きたアレゴリーになる少女である。まさに自由と平等は、自発的に起こる決定できない民衆の運動によって始まるのであり、劇作家が望んだ自由と平等のイメージはまさにそれなのである。

かくてロマン・ロランは、明らかに一九三六年の七月十四日における時の人であり、「民衆劇」の具体的実現である『革命劇』は、革命記念日《フェット・ナショナル》と人民戦線を結びつける強い絆になった。だが、ロマンの現在形の歴史への介入は、かかる黄金伝説を創造しただけではない。同時に現在の情況の不安要因に光をあて、いまだ顕在化していない影の部分をあぶり出す効果も生んだ。アルハンブラ劇場での『七月十四日』上演の前日の七月十三日に『ダントン』が、カルチエ・ラタンのソルボンヌやパンテオンから遠くないリュテス円形劇場で上演されたのである。演劇人の労働総同盟のイニシアチヴで行われたこの公演には、レオン・ブルムと共産党書記長モーリス・トレーズの姿があった。舞台上での二人の革命家ダントンとロベスピエールの対決を鏡に、人民戦線の二人の指導者の緊張と底意に満ちた仮そめの同盟を考えたくなっても不思議はない。山岳派の敵対する兄弟とプロレタリア運動の敵対する兄弟（ボルシェビキ革命に続いて一九二〇年に社会党と共産党が分裂していた）の相似的関係は認識されただろうか。性格もイデオロギーも逆対照になっているたけに、それぞれの関係を同定するのは難しいかもしれない。革命の「寛容派」とされるダントンは、溢れ出る自然の力と行動力の持ち主で、モーリス・トレーズに近く、レオン・ブルムの知的洗練と教授然とした風貌は、その点に関するかぎり、ロベスピエールに近い。

ディドロが舞台と客席を分離する「第四の壁」と呼んだ見えない壁は、その日みごとに消え失せた。ブルムはダントンに拍手し、ダントンはその敵のサン＝ジュストさながら左こぶしを上げてブルムの拍手に応えた。革命の息吹の、歴史を超えた連続性を象徴するように国歌「ラ・マルセイエーズ」と革命歌「インターナショナル」が唱和された。

こうして、一九〇一年と二年に書かれた初期革命劇の二作品は、『七月十四日』のオプチミステックなトーンと「革命の恐ろしい宿命」を前にした『ダントン』のメランコリックな諦観が対照をなすが、共に一九三六年七月に続けて上演され、決定的な真実の瞬間を迎える。

「革命の恐ろしい宿命」は実は『ロベスピエール』の「序」にある表現で、『ダントン』と二部作《ディプティック》をなすのは言うまでもない。『ロベスピエール』の第一場は『ダントン』の最後に直接こだまを返し、ギロチン台に向かうダントンはロベスピエールに、「俺が先に行くが、お前も後についてこい」と呼びかける。しかし、一九三六年七月の『七月十四日』と『ダントン』の連続上演は、もう一つの巧まざる二部作《ディプティック》をなしていて、至福感《ユーフォリア》の中で出発しながらやがて大きな困難に直面する人民戦線の政治経験の中で、交差する二本の道程を示すように思われる。『ダントン』は『七月十四日』の場合と比較しうる特殊なドラマツルギーを使っているが、両者の間には違いがある。民衆の劇への参加は『ダントン』のシナリオでも指示されているが、劇中の観客がドラマの展開に参加するという抑制された形をとっており、『七月十四日』のように登場人物が観客に向かって呼びかけ、観客が舞台と一体化する形はとっていない。『ダントン』の第三幕はダントンやデムーランを被告とする裁判の舞台上の再現で、観客の目の前で展開される革命裁判の劇中劇になっている。一方に裁判を傍聴する民衆がおり、他方に裁判の成りゆきを見守る革命政府の諸委員会という二つのグループが相対している。

（一）シナリオには進行する裁判のそこここに小文字で傍聴席の民衆の反応が挟まれている。劇中の民衆は口々に、ロマンがモデルにした革命期の芝居の観客と同様、活発に、ダントン万歳！とか卑怯者！とか、怒りや落胆や期待の言葉を発する。言ってみれば、このセノグラフィーは民衆劇と民衆裁判を同じ一つの運動にしようとするのである。

（二）裁判長が慣例に従って被告の身元確認から尋問を始めると、ダントンはこの時とばかり強烈なレトリックを使って自己弁明を陳述する。ダントンのエートスの宣明を編むために、劇作家はダントンが様々な機会に行った演説の断片を集めて刺繡する。歴史家の名人芸を必要とする高度の精確な技術操作によって原資料のモンタージュが行われ、読者は創造的作劇術の現場に立ち会うことになる。作家がダントンの弁明として再構成した雄弁な息づかいを見てみよう。

大胆さが罪だというなら、俺は罪を抱擁する。それに思う存分接吻する。美徳なんぞは、裁判長、貴様にくれてやる。ファラオの痩せた牛なんぞは、少しも俺の欲望をそそらない。俺は大胆さを愛し、誇りにしている。手荒い抱擁の大胆さ、英雄たちが吸う豊かな乳房の大胆さを。「革命」は大胆さの娘であり、バスティーユを倒したのは大胆さだ。俺の声を用いてパリの民衆を王権に突撃させたのも、また俺の拳に短軀王ルイの刎ねられた首のぶくぶく肥った耳を把ませ、暴君どもと奴らの神の鼻先にそいつを投げつけさせたのも大胆さなのだ。
(ここで民衆がブラボーと叫ぶ。)

(『ダントン』第三幕、波多野茂弥訳)

(三) 第三幕のト書きには「法廷の窓々は開いていて、戸外から群衆のどよめきが聞こえてくる。裁判の成りゆきを監視しているヴァデイエの頭がときどき現れる」とある。裁判の終盤でヴァディエは群衆のざわめきが一瞬鎮まったのを利用して、「共和国食料・兵站委員会は、今夕、ベルシー港に小麦と薪炭の輸送船が到着することを市民に告示する」。この虚偽の告示によって、暴動を起こす寸前の民衆は散り散りになり、陪審員が入廷し裁判長は被告たちに刑を言い渡す。舞台演出の究極の効果は、恐怖政治の抑圧的秩序への回帰と民衆の劇への参加の閉鎖を浮き彫りにすることにある。この意味で、一九三六年七月十三日の『ダントン』公演は民衆劇として書かれた戯曲の制作意図と逆の効果を生んだことになる。

しかしながら、演劇の伝統にはこのパラドックスへの解決法がある。「カタルシス」という古代ギリシャ以来の概念で、その定義には揺れがあるが、スペクタクルの直接的効果とその文字通りの意味の逆転を指す。ここでのカタルシス効果とは、演劇の観客がその分身である劇中劇の民衆に対し警戒心をもって批判的距離をとることにある。

『ダントン』の劇中劇の民衆は、権力による操作と見せかけの正義=裁判に騙される信じやすさと付和雷同性をもっている。

『革命劇』の連作はほとんど上演されているが、その頂点といえる『ロベスピエール』は上演されていない。作品に内在する制約と作品外の制約、つまり作品の形式と執筆当時の情勢の両方によるだろう。それにしても、上演できないような戯曲作品をなぜ書くのかという疑問は残る。ロベスピエールの最後の数週間を語るために、二十四の場面と、ほぼ同数の舞台装置が必要で、しかも場と場の移動のため一瞬で幕を上げ下げしなければならない箇所もある。アクションはモンモランシーの田園、パリの市庁舎前広場、革命広場、フーシェやロベスピエールの個人宅、そして市庁舎、国民公会、ジャコバン・クラブ、公安委員会の最も厳粛な象徴的権力の中枢など十箇所で展開する。固有名のある人物四十五人に加え、パレ・ロワイヤルに集う群衆も登場する。綿密に組み立てられた映画的映像のインサートもある。舞台芸術として明らかに上演は困難であり、ベテランの製作者でも手が届かない超技術が必要になる。

それでも、創作上これほどの難業を成し遂げた意味はどこにあるのか。これはミュッセが『ロレンザッチョ』をそう呼んだ「ソファーで読むスペクタクル」なのだろうか(9)。ロランの場合はラジオ放送の可能性があり、実際すぐにラジオ劇として放送された。このような舞台上演なしの抽象的な受容の仕方こそ、破局的結末を被う幻滅にふさわしいということなのか。ロベスピエールの処刑に続くエピローグでは、策略に関わった者たちが登場し、即座に後悔の念にとらわれ、共和国は立ち直れないことを予感する。しかし事態はもっと複雑で、ロランは最後の場の副題を「民衆劇のために」とし、祖国と革命への情熱を再び掻き立てるため、民衆出の英雄オーシュが発声する「ラ・マルセイエーズ」に「インターナショナル」をかぶせる。オーシュは共和国的坩堝である革命軍の中で、祖国防衛の英雄的行為により目覚ましい昇進をとげた将軍で、民主主義的叙事詩《エポペ》の典型的体現者である。そうしたオーラを持つ人物だからこそ、ロランは革命の最盛期の幕開けと幕引きの役割をオーシュに割り当てた。『七月十四日』でバスティーユを襲撃する民衆を奮い立たせるのはオーシュであり、五年後に『ロベスピエール』最後の場で、刑場を支配する陰鬱な雰囲気を打ち破り、未来に向けて革命の力学を取り戻すのもまたオーシュである。どちらの場合も史実の裏付けはなく、象徴的効果を産み出すためのロランによる完全な創作である。(10)

オーシュという大衆的人気を誇る軍人の英雄にスポットをあてたことは、私の以下の仮説を補強する。すなわち、なぜロランが『ロベスピエール』を書いたかという根本的問いに対するひとつの答えは、アベル・ガンスの映画『ナポレオン』にあるのではないかという仮説である。一九二七年に無声映画として製作され、三五年にトーキーに作り直された映画史に残るシンボル的超大作で、偉大な国民神話の芸術的構築の画期をなす作品である。ロマン・ロランは戯曲の主人公ロベスピエールを、ガンスの映画の主人公ナポレオンに拮抗する存在として構想しようとしたのではないか。この場合、芸術上の対抗関係は、革命伝説をナポレオンという共和主義の伝統の外の、共和国の対立物ですらある英雄に独占させることに抗議するひとつの形式だったかもしれない。そうだとすれば、『ロベスピエール』の上演不可能性は、ナポレオン神話に対してロベスピエールの呪われた記憶が隠蔽されてきたことの陰画的アレゴリーとして解釈できる。この問題の考察がいっそう興味深く思われるのは、二つの作品に共通の表現様式が見られるからだ。強烈なインパクトのあるガンスの映画的効果と、ロランのエクリチュールの最も印象的なテーマは、ユゴーの『九十三年』の叙事詩的文体から来ている。より正確に言うならば、国民公会議員たちを表す大海の大波のメタファーである。

Ⅳ　ロマン・ロランと革命家の雄弁——魅惑から破局まで

最後に、『革命劇』連作を雄弁術という横断的テーマに沿って改めて概観してみよう。このテーマは、私たちを劇作家の創作の現場へと誘い、そのエクリチュールの原動力に触れると同時に、ロランの知的政治的な歩みに新たな視点をもたらすことが期待される。雄弁術はフランス革命史にとっても演劇美学にとっても不可欠の材料であり、それゆえに両者を結合した革命劇に強固な土台を提供してくれる。政治的雄弁と弁論術が議場でどのように展開されるかを見ていこう。

まず、『狼』執筆の契機としてドレフュス事件に焦点をあてることで見過ごされがちな点を指摘したい。『革命劇』連作の初期作品は、認識論上の特殊な文脈と革命史記述にとって決定的に重要な時期の産物であるという点である。誕生して日が浅い第三共和政は、フランス革命以来の国民史と集合的記憶との関係にその正当性を根づかせる必要があった。それは作家と歴史家が等しく貢献した共和国の創世神話を否定するのではなく再構築することだった。作家と歴史家を区別するのはむずかしいが、近代の神話に最も力強い表現を与えたのは、ミシュレとユゴーである。[11]しかし、こうした創生神話の物語にさらに強固な土台を与える必要があった第三共和政は、革命史研究に学問的地位を与えるため一八八五年にソルボンヌにフランス革命史講座を開設し、膨大な史資料の集成と出版を支援した。

　講座の初代教授アルフォンス・オラール（一八四九―一九二八）は、史料批判に基づく実証主義史学を革命研究に適用したことで知られる。高等師範学校《エコール・ノルマル》出身でリセの文学教授だったオラールは、ジャコモ・レオパルディについて博士論文を書いたイタリア詩の専門家だが、フランス革命史に転じ膨大な史料研究を行った。オラールの定評のある『フランス革命の政治史』はロランの『革命劇』初版と同じ一九〇一年に出版されている。オラールが文学から革命史に移った転機は、『フランス革命における議会の雄弁術』の研究で、同じタイトルで全三巻の研究書を一八八〇年代に出版している。しかし、革命議会での演説はレトリックとしての質は高いが政治的価値は低いという演説資料に対する両義的評価から、オラールは、演説資料を雄弁術の歴史に含める価値は十分あるが政治史とは切り離すべきものとした。

　『革命劇』に占める雄弁術の位置を、オラールのアプローチに従って考察すると興味深いように思われる。

（二）まず、ロマン・ロランが、いかに「アーカイブ嗜好」（アルレット・ファルジュの表現）に取り憑かれ、劇作の発想源としていかにアーカイブを重視していたかを知らなければならない。以下の引用は、友人宛の手紙の一節で、革命劇の創作は原史料に魅惑されるところから生まれることをよく示している。

どの歴史も、ルイ・ブランもミシュレも、その他のどんな歴史も、真実の真の印象を与えてくれません。資料そのものを読まなければなりません。ダントンの、ロベスピエールの、特にサン＝ジュストの演説を読まなければ、心臓の鼓動が重なり合うような、あの革命運動の驚くべき高邁さを感じとることはできません。［…］それを読む時の喜びは伝えきれないほどです。シェイクスピアを読んで以来なかった喜びです。実際、革命家たちはシェイクスピアの劇中人物で、シェイクスピア的な、人知を超えた偉大な事柄を語っています。

（一八九八年十月二日付、マルヴィーダ宛、宮本正清訳）

ロランは劇場には「巨大な魔力」があると考えており、劇場は「心臓の鼓動が重なり合って」感じとる真実を伝える場所、事前の学習も、深い学識も、書物から得た抽象的な教養も必要としない、いわば「神から与えられた知識」を伝えるための場所だった。ロマン・ロランはここで、ディドロやメルシエら啓蒙時代の民衆劇のパイオニアと同じ考え、つまり情動や思想や実例を伝える電導体としての劇場観に行きついている。

（二）ということは、ロマン・ロランの演劇は、革命史を神話として、かつ学問として統合する場ということになるだろうか。ロランの具体的な演劇実践を見ると、この理論的発想とはずれているのが分かる。確かに、歴史家が確証した上で提供する史資料を十分読み込んで、そこから雄弁なテキストを選び出し、ダントン、ロベスピエール、サン゠ジュスト、デムーランら第一級の登場人物の長台詞に、実際の朗々たる演説の断片を取り入れている。しかし、現実の演説を創作に転用しながら、発話の状況をずらしていることもまた事実である。政治的発言は、実際の議場の演壇で発せられることは稀で、ほとんどの場合、虚構の対話や演説の中に流用されている。発言の様々な受け取り方を可能にし、観客の批判的考察に委ねるためである。

『ロベスピエール』から一例をあげるなら、『宗教と道徳の観念』に関する報告は一七九四年五月七日にロベスピエールが国民公会で行った演説だが、劇作家は実際の演説から多くの断片を切り取って、第八場の「最高存在の祭典」に集まった群衆向けの演説に組み替えている。大衆はロベスピールの演説に熱狂するが、「ヴァディエ、ブールドン、メルランのグループ」は演説のはしばしに嘲弄的台詞をさし挟み、大衆の熱狂との差を際立たせる。

このような演説の組み替えと並んで注意すべきは、ドラマの筋書き《アクション》が議場とは別な場所に物理的に移されていることである。確かに、第十八場は国民公会の議場、第十四場はジャコバン・クラブが舞台だが、合計しても驚くほど少ない。この少なさを見ると、技術的制約という説明は成り立たず、意図的に、あえて政治的討議の場を正面から描くことを避けているという印象が強まる。

このような意図は、現実の議場において発言が根本的に貶められていることと関係がある。第十八場は、熱月《テルミドール》九日に「清廉潔白の士」ロベスピエールが弾劾されるに至る場面だが、ロベスピエールの発言を封じるためのヤジと陰謀家たちの発言妨害に終始する。その惨憺たる光景は次の場面でいっそう悲惨なものになる。第十九場では、傍聴席に王党派のスパイが二人紛れ込んでいて、公安委員会の分裂工作に暗躍しており、連続する二つの場は、議場が革命の敵に支配されていることを示す。

『愛と死との戯れ』第三景に、革命議会から疲れて帰ったジェローム・クールヴォアジエが、国民公会のもう一つの有名な場面について、妻ソフィーに興奮して語るくだりがある。(12) ロベスピエールがダントン逮捕に対する抗議の声を抑えて死刑宣告の承認を求める場面である。古典悲劇の規則に従った長い語りが続き、獰猛な野獣同士が容赦なく戦う円形闘技場のメタファーが効果的に活かされる。ジェロームの語りは実際、ラシーヌの『フェードル』第三幕でイポリットの悲劇的最期を報告するテラメーヌの語りを思わせる。恐怖政治の怪物たちは、テゼーの呪いを実現すべく海中から躍り出てイポリットに襲いかかる怪物と等身大、ないしそれ以上の存在と化している。

それはもう人間ではない！　奴隷根性の残忍な獣の群れだ。下劣で獰猛な本能が残らずさらけ出されている。屠殺場の肉だ。這いまわって血の臭いを嗅ぎつける卑怯な犬どもだ。囲いの真ん中には、狼とハイエナがうろついている。大きな議場から人間の影は消え失せた。二百人以上が逃げたか、死んだか、いなくなった。右側は砂漠だ、右翼にいた連中の生き残りは、そこから逃げ出し、左翼の山《モンターニュ》の頂上まで這い上がって行った。［…］彼らの落ち着かない目は、山から下を、左と右を探り、犬の群れの戦慄と狼どものまばたきを窺っている。反った額の下で、丸眼鏡の奥からロベスピエールの黄色い眼が光っている。うつむき加減の額と赤い血走った目はビヨだ。はやぶさの窪んだ目のような青い、氷の目はサン＝ジュストだ。（『愛と死との戯れ』第三景、片山敏彦訳による）

ロマン・ロランが革命家たちの雄弁に抱くヴィジョンと、戯曲に投影したヴィジョンの違いをどう説明すればいいだろうか。『革命劇』創作の元となった演説と作品の間には、経験から引き出した苦い教訓がある。ロランは政治集会や下院での討論の熱心な傍聴者だった。一九〇七年のある日、下院でジョレスとジュール・ゲード、クレマンソーとジョレスの論戦を目の当たりにした彼は、雄弁な言葉の美徳に対する幻想を失うことになるだろう。政治集会という地獄の洞窟の入り口に希望を残すだけの力と知恵を見出すことはできなかった。こうしてロランは、「悪魔的人物」クレマンソーが「議会の二大雄弁家」ジョレスとミルランを打ち負かすのを見て驚いたことを友人に報告する手紙の一節で、次のような信念を結論として書きつけている。

ひとりの男が議会と渡り合い、しかもその知性によって勝利する光景はまったく見事なものです。こうした言葉の戦いこそ、私にとって、現代のフランスにおける最もすばらしいドラマであり、パリの第一の劇場は国民議会です。

（一九〇七年六月二十二日付、親しいソフィーア宛、[13] 宮本正清訳）

ロランの劇作品は、こうした苦渋に満ちた熱い信念によって打ち震えている。作品の悲劇的な強度は、「歴史」が作品に課した試練と屈曲の全てから引き出されている。しかし、そうした有為転変と苦難こそが、時間の中で作品に生命を与え、今なお生命を与え続けている。

訳註

（1）河野健二の優れた作品解説「ロマン・ロランとフランス革命劇」、ロマン・ロラン研究所刊『ユニテ』No.22, 1995. 3による（ネットで閲覧可能）。この部分は訳者による補足である。

（2）Marion Denizot, *Le* Théâtre de la Révolution *de Romain Rolland. Théâtre populaire et récit national*, Honoré Champion, 2013, p.15. これのみ原注で、あとはすべて訳注である。

（3）ロランはリセ・ルイ＝ルグランの高校生だった一八八二年に『九十三年』の上演を観、翌八三年八月スイスのヴィルヌーヴで老詩人に出会い、民衆の歓呼に応えて「共和国万歳」と叫ぶ姿を脳裏に焼きつけている。

（4）ロランが一九二三年末に出した『マハトマ・ガンジー伝』をガンジーに送って両者の文通が始まり、三一年にガンジーがレマン湖畔ヴィルヌーヴのロラン宅に一週間滞在し対談した。そのときロランに招かれていたパリ在住の彫刻家・高田博厚の証言がある。

（5）ロマン・ロランの民衆演劇論は大杉栄が翻訳し、一九二四年に小山内薫が旗揚げした築地小劇場の設立理念に直接影響を与えている。築地小劇場の第二回公演は同年六月のロマンの『狼』で、二六年一月には『愛と死との戯れ』が初演されている。演出はいずれも土方与志。

（6）マルヴィーダ・フォン・ワイセンブークはドイツ人の女流作家でロランがローマ・フランス学院留学中（一八八九－九一）に知り合い、一九〇二年に彼女が亡くなるまで千通を越す手紙を交換したロランの「精神の母」。

（7）ロマンは作品の「序」で『花の復活祭』を大革命の「幻視者たる先駆者」ルソーに捧げている。舞台の年代として設定した一七七四年は、七二年に書き始め七六年に書き終わる『ルソー、ジャン＝ジャックを裁く』の中間の年であり、「花の復活祭」はルソーがヴァランス夫人と最初に出会った「枝の日曜日」であるとも注記している。

（8）第十一場の舞台モンモランシーは、十五年前に二十歳のロベスピエールが植物採集をしている老ルソーに出くわした想い出の場所。第二十二場では、エルムノンヴィルのポプラ島にあるルソーの墓に跪くロベスピエールの前にルソーの影が現われ、ロベスピエールの肩の上に手をのせる映像が投映される。

（9）ロマン派の寵児ミュッセの一八三四年の歴史劇『ロレンザッチョ』は、舞台上演を拒否したミュッセの死のはるか後の一八九六年にルネサンス座で初めて上演された。

（10）七月十二日にパレ・ロワイヤルで民衆を扇動する演説によりバスティーユ襲撃の流れをつくるのはカミーユ・デムーランであり、ロベスピエールが処刑される「熱月十日」にオーシュはまだ獄中におり、監獄を出たのは三日後である。

（11）一七九八年生まれのミシュレと一八〇二年生まれのユゴーは同世代で、ミシュレの『フランス革命史』（一八四七－五三）をユゴーは当然読んでいる。ミシュレは一九五二年ナポレオン三世の即位に反対してコレージュ・ド・フランスの職を追われるが、ユゴーも追捕を逃れベルギーに脱出、第二帝政の十八年間国外に亡命する。

(12) ロランは『愛と死との戯れ』の「序」で、クールヴォアジエは「その名と性格によって最後の百科全書学者コンドルセと天才化学者ラボアジェの二重の受難を想起せしめる」とし、その妻ソフィーの姿の中に「人はソフィー・コンドルセの影を見るであろう」と書いている。

(13) ソフィーアはローマのマルヴィーダ・フォン・マイセンブール宅で知り合い親しい友人になったイタリア人女性。結婚してソフィーア・ベルトリーニ夫人となる。

第七章

マリー＝アントワネット像と歴史小説の魅力

——シャンタル・トマ『王妃に別れをつげて』

関谷一彦

シャンタル・トマ Chantal Thomas（一九四五－ ）

フランス、リヨン生まれ。サドやカサノヴァなどの十八世紀文学の専門家、エッセイスト、小説家。学生時代はロラン・バルトに師事し、バルトのもとでマルキ・ド・サドについての博士論文を提出。CNRS（フランス国立科学研究センター）で研究をしながら、アメリカの大学などで教鞭をとる。初めての小説『王妃に別れをつげて』で二〇〇二年フェミナ賞を受賞、ベストセラーとなる。マリー＝アントワネットに関する戯曲も手がける他、著書に『サド侯爵　新たなる肖像』（三交社）、*Comment supporter la liberté*（「自由にどう耐えるか」）、*Le Testament d'Olympe*（「オランプの遺言」）、*Pour Roland Barthes*（「ロラン・バルトのために」）などがある。二〇二一年に、アカデミー・フランセーズ会員に選出された。

photo : K. Sekitani

『王妃に別れをつげて』*Les Adieux à la reine*（二〇〇二）

一七八九年七月十四日から十六日までのヴェルサイユ宮殿での〈運命の三日間〉が、王妃マリー＝アントワネットの朗読係であるアガート＝シドニー・ラボルドの手記という形でつづられる。マリー＝アントワネットの故郷である亡命先のウィーンで晩年を迎えていたアガート＝シドニーは、一九一〇年ナポレオン軍の侵攻をきっかけに、忘れ去られようとしていた優美な宮殿の日々を追想する。王妃の「美の王国」が一瞬にして崩壊していくさま、またそれと並行して劇的に変貌する王妃マリー＝アントワネットの姿が、研究に裏付けられたトマの確かな知識と自由で豊かな想像力によって巧みに描かれる。

はじめに

『王妃に別れをつげて』の作者シャンタル・トマは、リヨン生まれの十八世紀フランス文学研究者で、主にサドとカサノヴァの研究で業績を残している。その一方で小説を書き始め、二〇〇二年に『王妃に別れをつげて』でフェミナ賞を受賞し、この作品は二〇一二年にブノワ・ジャコー監督によって映画化もされた。彼女はその後も小説やエッセーを書き続けているが、その文体は繊細で優雅であるとともに、鋭い批評精神と博識に裏打ちされている。彼女はまた二〇二一年一月二十八日にアカデミー・フランセーズの会員に選出された。

トマと筆者は二十年以上の長い付き合いがある。そのきっかけは二〇〇〇年にリヨンの共同研究に筆者が参加したことであった。当時リヨンでは十八世紀のフランス文学研究者によって「私生活について」の共同研究が行われていたが、その共同研究を主宰していたのが当時CNRSに所属していたトマだった。リヨンは共同研究が盛んで、「新聞・雑誌」の研究で大きな成果をあげているが、『王妃に別れをつげて』にもその成果が遺憾なく発揮されている。

本論では、『王妃に別れをつげて』はどのような小説なのか概観するところから始めたい。そして、タイトルで主題化されている王妃、つまりマリー＝アントワネットについて、これまでどのように語られ、またトマはどのように描いているのかを見てみたい。とりわけ『王妃に別れをつげて』はトマによると歴史小説であり、彼女は「歴史小説についての考察」という講演のなかで、自分の描こうとする「歴史小説」について語っている。そこで、彼女の講演記録を参考にしながら歴史小説とは何かを考えてみたい。さらに、トマはどのように「歴史小説」を描いているのか、彼女の手法に注目してみることにする。彼女が『王妃に別れをつげて』で「何をどのように描こうとしているのか」がより鮮明になるだろう。ではまず『王妃に別れをつげて』はどのような小説かを見てみることにしよう。

I　『王妃に別れをつげて』はどのような小説か？

物語の表象時期は明確だ。民衆がバスティーユ城塞を襲撃した一七八九年七月十四日、そして十五日、十六日の三日間である。描かれている場所はヴェルサイユ宮殿であるが、プロローグとして一八一〇年二月十二日のウィーンとエピローグとして一八一一年一月のウィーンが挿入されている。

物語はマリー＝アントワネットの朗読役補佐アガート＝シドニー・ラボルドの回想録として描かれている。(1) 物語形式を朗読役ラボルドの回想録に設定したことがこの作品の面白さ、魅力、成功の秘訣と言えるだろう。というのも、朗読役はトマがもっとも表現しやすい位置にいる語り手であるからだ。本のなかで生きること、テクストのなかで生きること、これらが二人に共通している。言わばラボルドはトマ自身である。ラボルドの目を通して語られる物語は、まるでトマの目が七月十四日からの三日間のヴェルサイユ宮殿の混乱を見ているかのようである。さらには実在した登場人物のフランス正史資料編纂官ジャコブ＝ニコラ・モローにもトマが重なり合う。おまけにラボルドとモローは物語のなかで心を許せる親密な関係でもある。

では物語の主題は何なのだろうか？　物語内容は、この三日間にヴェルサイユ宮殿で起こったこと、ラボルドの目を通して観察されたことである。そして、その観察対象の中心にいるのがマリー＝アントワネット、フランス王妃だ。この物語の眼差しの中心に位置するのが王妃であることを、タイトルがよく示している。ではごく簡単に物語内容を見てみることにしよう。

プロローグ、一八一〇年二月十二日

この日付は朗読役ラボルドの六十五歳の誕生日である。場所はウィーン、ここで三日間の回想が始まる。前年の七月にナポレオン軍が乗り込んできたが、「自動人形のような挙動」「乱暴な言葉づかい」と対比させながら、ヴェルサイユ宮殿での「知性と幸福に満ちたすばらしい時間」が序曲となっている。しかし、ヴェルサイユは悪臭漂う、不潔な宮殿でもあった。ラボルドが偶然目にしたマリー＝アントワネットは「巨大」であり、「火が動く」ようだと、彼女は王妃の最初の印象を憶い起こす。

一七八九年七月十四日

七月十四日は、もちろん民衆によるバスティーユ城塞襲撃の日である。この日に描かれるのは、ラボルドの目を通して語られるまだ穏やかなヴェルサイユ宮殿の内部だ。パリとヴェルサイユの間には距離があるため、情報の伝達には時間が必要である。パリで起ころうとしていることに漠然とした不穏な空気を感じながらも、ラボルドはここでもヴェルサイユの不潔さと悪臭を描き出す。とりわけ動物園の守衛大尉ラロッシュの描写が強烈な悪臭を伝えている。他方、プティ・トリアノン離宮で見せる素顔のマリー＝アントワネットが、優しく、繊細で洗練された王妃として登場する。

一七八九年七月十五日

七月十五日になって、ようやく民衆のバスティーユ襲撃がヴェルサイユに伝わり、混乱が始まる。広間を彷徨う宮廷人、ヴェルサイユを脱出しようとする貴族たち、王妃もヴェルサイユからの出発を準備する。ヴェルサイユは「国」であり、この国にいることは「孤立して、無知であり、世界から分離」して生きることだった。ラガートは「私たち以外の国じゅうの人々がいっせいに私たちに反旗を翻しているときに、ほとんど何一つ知らないのは、気がかりで恐ろしいことだった」と回想することになる。

一七八九年七月十六日

七月十六日、会議が開かれルイ十六世はヴェルサイユに残ることを決める。王妃はこの決断に怒るが、脱出を諦める。王妃のお気に入りのガブリエル・ド・ポリニヤック夫人との会話をラボルドは偶然耳にすることになる。ポリニヤック夫人は王妃を捨てて、逃亡しようとするのだ。王妃は裏切られた気持ちになり、「あなたはもう、わたくしを見捨てたのですよ」と内心とは裏腹に穏やかに言う。最終的に、ラボルドはポリニヤック夫人の影武者となり、ヴェルサイユを後にして、ローマを経由してウィーンに辿り着く。

エピローグ、一八一一年一月

エピローグは「氷の塊」のウィーンでの王妃についての回想である。ラボルドの回想は、舞踏会を迎える王妃とファッション、そして小姓からもらった一個のオレンジへと向かう。それは華やかな舞踏会、王妃の思い出を生み出す貴重なオレンジだった。

以上が簡略な物語の概要である。プロローグに見られるように、ウィーンでは口に出すのがタブーであったマリー＝アントワネットという名であるが、ラボルドの意識が焦点化するのは過去の闇に葬られるマリー＝アントワネットではなく、ヴェルサイユ宮殿で生きている血が通った王妃である。では、本書のテーマである王妃マリー＝アントワネットはこの作品のなかではどのように描かれているのだろうか？　まずはマリー＝アントワネットがどのような人物だったのか見てみることにしよう。

Ⅱ　マリー＝アントワネット

マリー＝アントワネットについてはさまざまな言説が残されているが、人物像についての振れ幅は大きく、時代によって評価が相反する。革命前、革命中には、彼女は中傷パンフレットによって「極悪王妃」というレッテルを貼られる。『シャルロとトワネットの恋』『人工ペニス』『ほろ酔いのオーストリア女あるいは王の乱痴気騒ぎ』『王の売春宿』『ルイ十六世の妻であるマリー＝アントワネットの色情狂』などのパンフレットに見られるマリー＝アントワネット像は、不倫、色情狂、同性愛者、息子との近親相姦など性的に淫らな王妃である。しかし、裁判・処刑そして死後の評価は、子供を愛し、王妃として自覚を持ったマリー＝アントワネット像であり、現在では「悲劇の王妃」というレッテルが貼られている。スタール夫人はマリー＝アントワネットが処刑される二か月前に、『王妃の裁判についての考察』のなかで、「女としての幸せが王妃としての不幸せとなった(2)」と王妃を弁護し、伝記作家ツヴァイクによれば「凡庸な女性」であり、人民の側に立つ歴史家ミシュレはルブラン夫人が一七八八年に描いた肖像画を取り上げて「何かしら人を見くだした、いやな、かたくなな感じが、すでにそこに感じられる」[3]と述べている。「民衆の革命史」の視点をもつミシュレの立場からすると当然の評価と言えるだろう。では、トマの描くマリー＝アントワネット像とはどのようなものだろうか?

『王妃に別れをつげて』のなかで、マリー＝アントワネットのイメージを「極悪王妃」としてもっとも極端に、過激に表象しているのが「二人の扉番」の会話だろう。二人は王妃の寝室の窓の下でワインを飲みながら大声で話している。

「……あの女、ほんとにオーストリア人まるだしだよな」

「オーストリア人そのものさ。オレンジ色の髪の毛、尖った鼻……」

「にんじん色の髪、プルチネッラみたいな鼻[4]」

「不愉快そうに由げた唇。あの、お高い姿勢、誰よりも高く頭をもちあげて。ヴェルサイユに住んで、毎日あの女を見ている俺たちにとっては、おもしろくないよな……」

「おもしろくなかった、だよ。もうここに長居する必要はないんだ。新聞を読み終わったら、俺は出ていくぜ」

「……毎日あの女を見ていた俺たちには、証言できる。あの女はしょせん、オーストリア人でしかなかった。それも、どんどんひどくなったんだ」

「口に入れたものは何でも吐き出すような女だ」

「いや、何も吐き出しはしない、何も食べないんだから。あの女、ふりをするだけで食べないんだぞ。食べるときでさえ、国家を騙してるんだ」[5]（一四二―一四三頁）

マリー＝アントワネットが非難される当時の一番の理由がここにはよく表れている。それは、彼女がオーストリア人であるからだ。政略結婚によって、彼女はフランス王妃になったが、オーストリアから来た外国人を受け入れることができないフランス人の一般意識を、扉番たちの会話は開陳している。注目すべきは、オーストリア人批判が性を通して語られている点だ。

「オーストリア人てのは、ひどいやつらだ。いちばん汚くて、けちくさくて、大うそつきの国民だよ。恐ろしい慣習があるんだぜ。オーストリアじゃ、結婚相手の娘は、もうその兄貴に処女を奪われてるんだ。家族が先にやっちまうんだぞ。アントワネットだってそうだ。ルイのベッドに入る前に、兄貴のヨーゼフが処女を奪ってたんだから」（一四四頁）

オーストリア人＝近親相姦だけではなく、オーストリア人の女＝レズビアンという公式を用いながら、扉番たちはマリー＝アントワネットを性によってさらに攻撃する。

「[…]あの女については、ほかにも聞いたことがあるんだ。懲罰の話ではなくて、罰に値するあの女の行動についてだ。同性愛だとよ。おまえもそう聞いたか？　おまえ、それがどういう意味かわかるか？」

「う……ああ。同性愛の女、レズビアンだろ、オーストリア女とおんなじことだよ。違いはない。オーストリア女ってのはレズビアンなんだ。あの女の母親だってそうだった。オーストリア女はレズビアン、同じことさ」（一四八頁）

トマがこうした扉番たちの会話を物語に挿入したのには深い理由がある。それは、『王妃に別れをつげて』の執筆の原点であるからだ。彼女は一七八九年に、マリー＝アントワネットの怪物的なイメージがどのようにして作られたのかを分析した『極悪王妃、パンフレットの中のマリー・アントワネット』を上梓したが、『王妃に別れをつげて』はマリー＝アントワネットを批判するパンフレットの分析がなければ生まれなかったとトマは証言しているからだ。そして、まさに当時のパンフレットに描かれている王妃への批判が、扉番たちの会話に凝縮されている。たとえば『シャルロとトワネットの恋』（一七七九）では、性的不能のルイ十六世、性欲が満たされないマリー＝アントワネット、マリー＝アントワネットとアルトワ伯爵との不倫が描かれ、『ルイ十六世の妻であるマリー＝アントワネットの色情狂』（一七九一）では、マリー＝アントワネットに対する批判はさらに過激になり、王妃が性的欲望を満たすために金を浪費し、それが国家に対する悪事として描かれる政治的パンフレットに変質している。[6]　こうしたマリー＝アントワネットを誹

誹謗中傷するパンフレットは革命前に増加し、革命中に飛躍的に増えたことがわかっている。(7)

先ほど、性を通して批判する扉番たちについて「注目すべき」と述べたが、人を攻撃するのに「性」を道具として批判する方法は、現在でもよく用いられる攻撃手段であるからだ。昔も今も変わらない普遍性を持つ「性的攻撃」を、なぜ人は利用するのか、マリー＝アントワネット像から逸れてしまうのでこれ以上深入りしないが、興味をそそられるテーマである。

ではトマはどのようなマリー＝アントワネット像を描こうとしたのだろうか？　彼女は「歴史小説に関する考察」という講演のなかで次のように述べている。(8)

私がマリー＝アントワネットに関してやろうとしたのは、彼女をつまらない人物からヒロインへと移行させる突然の悲劇的な自覚のなかで、変化するマリー＝アントワネットを示すことです。そして、試論よりも小説という形式の方が、われわれがどのように変わるのか、われわれがどのように過激に変われるのか、われわれに影響を及ぼすありとあらゆるレッテルをどのように無価値なものにし、馬鹿げたものにすることができるのかを、語りうると私には思えたのです。[…]　歴史小説を書きたいと思う中には、すっかり過去のものとなったものに命を吹き込みたいという願望がありました。それは彫像を生き返らせ、亡者たちに肉体を与えることなのです。

「つまらない人物からヒロインへと移行させる突然の悲劇的な自覚」とは、混乱のなかでヴェルサイユからの脱出もかなわず、ポリニャック夫人にも見捨てられ、絶望のなかで生まれた王妃としての自覚である。孤独と絶望から生まれたこの変化をトマは描こうとする。歴史小説として、マリー＝アントワネットを生き返らせ、肉体を与え、感情を持った一人の女性として、読者の「今ここに」現前させようとするのである。ラボルドが初めてマリー＝アントワネットと出会った場面をトマは次のように描いている。

王妃は巨大だった。ゆったりとした白いウールのドレスに身を包み、頭にはなぜか、カメオを縫いつけた鮮やかな青いシルクのターバンを巻いていた。ターバンには孔雀の羽根が何本か飾られている。力強い足取りで先頭を歩く王妃のあとを、女性の一団が必死に追いつこうとしていた。王妃は室内の大広間にいるのに、まるで野原を歩いているような歩調だった。

（二〇頁）

その肖像は色鮮やかで、王妃の動きが眼前に浮かぶようだ。しかし、トマは王妃の内面描写を避け、距離を保ったまま王妃を動きによって描こうとしている。王妃の内面は、あくまでもラボルドの眼差しを通したこの動きによって、見せられるだけだ。マリー＝アントワネットの関心はファッションにあり、宝石を好む浪費家としての一面を見せているけれども、「王妃のおそばに歩み寄るとき、王妃のお住まいにみなぎる雰囲気の中に入っていくとき、そこには特有の優しさがあった」とラボルドは語る。また、王妃は「どんなに身分の低い召使に対しても申し分のない礼儀をおつくしになり、けっして苛立ったご様子は見せず、ぞんざいな対応をなさらなかった」と扉番たちが創り出すイメージとはまったく違った優しさ溢れるマリー＝アントワネット像が映し出されている。

では、王妃は物語のなかでどのように変化していくのだろうか？　この変化をラボルドは目撃する。おそらく小説という叙述方法が生きてくるのは「目撃」という手段を利用できる点にあるだろう。王妃の心の拠り所であるガブリエルのしたたかな裏切りがラボルドの眼差しを通して描写される。王妃の胸のうちとは逆に、身の安全のためにヴェルサイユを発つことを勧めるマリー＝アントワネットに対して、ガブリエルはまるでその提案に従うかのように出発を受諾する。しかし、「すべては計画されていたのだ」と看破するラボルドに続いて、王妃はガブリエルの裏切りに対して唇を震わせながらも、穏やかに「あなたはもう、わたくしを見捨てたのですよ」と語る。「見捨てられた王妃」は歩き方を変える。ここでは、歩き方によって変化が表現されている。[9]その変化をラボルドが偶然目にする設定で、小説という手段が生かされている。「大きく、楽しい歩き方」から「肩を落とし、ためらいがちで、朦朧としているように動作がぎこちない。不幸を背負った歩き方」である。ガブリエルに捨てられた失意の王妃は、友人たちに慰めを求めようとするが、もはやヴェルサイユは蛻の殻になっていて、どの扉にも南京錠がかかっていることを知ったのだった。

　しかし七月十六日の夜、王妃のために最後の朗読をするラボルドは王妃の確実な変化を目撃する。「王妃はまったく冷静さを失わなかった。それればかりか、何か神秘的な喜ばしさを備えていた」とラボルドは語り、王妃もまた「わたくしは愛する者たちをすべて失い、それがなんとも苦痛です。でも、わたくしはこの苦痛に打ちのめされはしません」と語る。そんな王妃も決してガブリエルを裏切るようなことはしない。ポリニャック一家の出発を助け、馬車に手紙を投げ込ませてガブリエルへの変わらぬ愛を伝えている。

　トマの描くマリー＝アントワネットは、扉番たちが創り出す「極悪王妃」ではなく、ヴェルサイユという国が創り上げた儀式と慣習のなかで生きる生身の女性であり、王妃ではあっても日常生活に翻弄され、物語のなかで「今を生きる」人物である。こうしたマリー＝アントワネット像をトマは「歴史小説」という形式で表象したが、歴史小説の成立はフランス革命以後のことであり、周知のようにウォルター・スコットによって生み出された文学ジャンルである。ではトマは、この「歴史小説」というジャンルをどのように考え、そして採用したのだろうか？　前述のトマの講演「歴史小説に関する考察」を参考にしながら詳しく見てみよう。

トマは当初「歴史小説」に関心はなかったと言っている。「歴史小説」に抱いていた彼女の印象は、「いんちきくさいもの」だと言う。その理由は、「歴史小説」とは時代からの借り物であり、詳細な描写も、快楽を目的とした描写もなく、深みがないというものであった。また、エクリチュールの冒険、文体の仕事などの冒険もないと言う。

そんなトマに転換点が訪れる。それは、アラゴンの『聖週間』(10)と出会ったことだ。そこでは、参照する史料の豊かさと、それらの史料が彼に引き起こす夢想の広がりにトマは驚かされる。アラゴンにとって博識は事件の動きの中にあり、何一つ静止しているものはなく、また固定しているものもなかった。それは、われわれの目前で、リアルタイムで起こる歴史であり、その結果、歴史はわれわれの理解を超え、今にもパニックに陥りそうな混乱した気持ちにわれわれを追いやることになる。読書する「われわれ」を「混乱した気持ち」にする理由を、トマは「肉体の現われ」に見出している。アラゴンは、「登場人物たちの寒さ、疲れ、彼らの風邪、彼らのリュウマチとともに――そしてまた、稀にではあるが幸福感とともに――たとえばルイ十八世がブーツを脱ぐとき、『彼は素足に空気が触れるのを感じてえも言われぬ喜びを感じた』というような、肉体的な共感のなかにわれわれを置く」と述べている。また、アラゴンの小説がきわめて自由に描かれていることも、彼女を惹きつけた理由である。彼女が惹かれるのは、語り手の傲慢さであり、その傲慢さとは、スターンの『トリストラム・シャンディ』やディドロの『運命論者ジャックとその主人』に見られるように、物語に個人的な介入をするエクリチュールのことである。トマはアラゴンのエクリチュールに注目して、「このようなバロック的エクリチュール、語り手の突然の介入による小説の遊び、語調の急速な変化、こうしたことすべてが『聖週間』のなかでは、歴史小説を書くことは心を高揚させるエクリチュールの体験であることを、自由な雰囲気のなかで、読者に説得しようとしている」と述べている。そして、トマが歴史小説を書くという構想のなかで選んだのが、「神話的な人物像」として魅力をもつマリー＝アントワネットであった。

ではトマは、どのような叙述方法によって物語ろうとしているのだろうか？　彼女はピエール・レタの『最後の治世』[11]に触れながら、「事件が進行形で捉えられ、まだ事件の解釈が行われていないときに、また事件の重要性が主観的にしか評価されえないときに、個人によって話が拡大されたり、縮小されたりするプロセスによって——つまり、いかなる最終的な意味も確立されていないときを捉えている」とその叙述方法を評価して自分のなかに取り入れようとしている。そのために、彼女は歴史が与えるものを現在形で、つまり不確実で、不安定なものとして描こうとする。こうした記述方法を彼女は「亡者たちとのダンス」と形容している。

それは亡者たちとのダンスです。彼らの不意の出現には、さまざまな読書や遠い昔の過ぎ去った時代のイメージからくる亡者たちや、また自分自身の過去の亡者たちが交じり合っています。歴史小説は知識と個人的な記憶を用いた、また学識と想像力を使った戯れなのです。マルグリット・ユルスナールは、『ハドリアヌス帝の回想』の《作者による覚え書き》のなかで、この巨大なフレスコ画のエクリチュールのために自分の方法を考えて、(彼が出くわした障害、彼がこうむった数年間の《中断》について考えながら)、自分の実践について次のように要約しています。「片足を博識の中に置き、もう一方の足を魔術の中に置く。より正確に、比喩を用いることなく言えば、思考において誰かの内部に身を置くあの共感という魔術の中に」[12]。こうしたことを言い換えると、「どんな風につくろうとも、われわれは常に自分のやり方で記念碑を立てるのだ。しかし、本物の石だけを使って記念碑を立てるだけでもすでに大したものである」[13]ということです。

歴史小説についての定義はこれまで多くの作者によって語られてきたが、トマが言う「歴史小説は知識と個人的な記憶を用いた、また学識と想像力を使った戯れ」であるという考えは、歴史小説家たちに共通しているだろう。とりわけ史料を読み込んだ歴史的知識に加えて、「個人的な記憶」が物語の生成に重要な役割を果たし、物語を生かす原動力となる。それは言わば客観性に主観性を付け加えることだ。しかし、この主観性の中にも「奇妙な客観性」があるとトマは言う。

実際に、歴史小説の魅力的な側面の一つは、本物の素材を使って、過去を再生し、事件を動いている場面としてわれわれに知覚させることです。というのも、事件はつねに演出が行われるからです。それは、事件の真実を否定することではなく、それらの相対性を復元することです。たった一つの視点である絶対的な相対性、そこにはおそらく奇妙な客観性があることでしょう。

「たった一つの視点である絶対的な相対性」という表現は矛盾しているように思われるが、『王妃に別れをつげて』においては、ラボルドの視点を通して語られるヴェルサイユ内部のさまざまな情景描写が、主観的ではなく、見せることを意味するのであろう。したがって、「そこにはおそらく奇妙な客観性」が見出されるのである。トマはパトリック・ランボーの小説『戦闘』を引用しながら、彼の叙述態度を「演出家」と規定して、彼の歴史小説についての考えに共感している。

ランボーはエスリンクの戦いについてのなかで次のように言っています。「歴史小説は実際にあった事件の演出である。そのために私は元帥や皇帝のそばに、想像上の人物たちを配置しなければならなかった。これらの人物はテンポをよくし、再構成を助けている。私はできる限り何も付け加えなかったが、しばしば一つの記載や一つの文から出発して、場面全体を作り上げなければならなかった。アレクサンドル・デュマが言っていたように、歴史家は自分の視点を守り、自分の論拠を助ける主人公を選んでいる。デュマはまた次のように付け加えている。小説家だけが公正である、というのも小説家は判断をしない、見せるのであると[14]」

面白いのは、アレクサンドル・デュマが歴史家と小説家の叙述方法に言及している点だろう。では小説家のトマはどのように「見せよう」とするのだろうか？　その一つは「現在形での物語の始まり」である。現在形での物語の始まりについて、トマは「失われた世界へのエキゾティックな侵入として」、また、「絶対的に現代的な方法でわれわれを感動させる物語として」歴史小説を読むことができるはずだと述べている。もう一つは、「すべてを知りうる一人の人物を創ることである。その人物の動きによって、「動きのないあらゆる要素に、息吹や色調や動きを取り戻させる」ことになる。その一例として、トマはパトリック・ジュースキント『香水　ある人殺しの物語[15]』を挙げる。というのも、ジュースキントはフランス十八世紀を舞台にしたこの作品で、香水や嫌なにおいや麻薬によって、この時代を魅惑的で、抗しがたい魅力のある、幻覚を起こさせるような時代として生き生きと描いているからである。

またトマは、ロラン・バルトから多大な影響を受けているが、彼女の師とも言えるバルトが『彼自身によるロラン・バルト』のなかで、「古典的なテクストを読みながら（『黄金のロバ』からプルーストに至るまで)、彼〔バルト自身〕がいつも驚くのは文学作品によって集積され、配分される知識の膨大さである」[16]という指摘に注目して次のように述べている。

歴史小説は、時間の厚い雲のもとで失われた世界、大部分は埋葬された世界を取り扱うという理由で、とりわけ貴重な知識や見事な博識の伝達手段なのです。

しかし、知識が小説の創造において、つまり歴史の再構築においては十分ではないことも彼女は自覚している。というのも、マルグリット・ユルスナールの以下の箇所を引用しているからだ。

「歴史小説をひとつの独立したカテゴリーに入れてしまう人々が忘れているのは、小説家はただ、過去のいくつかの事件や、歴史と同じ素材から織り成されるいくつかの記憶を、自分の時代の方法の助けを借りて解釈する以外、何もしてはいないということだ。それらの記憶が、意識されたものか否か、個人的なものか否かは関係がない。〔…〕われわれの時代では、歴史小説は、あるいは人が便宜上歴史小説と呼ぶことに同意しているものは、見出された時に身を沈め、内的世界をもつこと以外に存在のしようがないのである」[17]

そして、「この難解な歩み、見出された時へと向かう内心の緊張がなければ、歴史小説は死んだ文学のままとなるでしょう」と述べてこの講演を締めくくっている。

「見出された時へと向かう内心の緊張」とは何を意味するのだろうか？　それは博識にもとづいた今を生きる作者の歴史、想像力、内的世界の記述に他ならない。この最後の言葉は、歴史小説作家だけではなく、小説を書くとはどういうことかという問いにも答えているように思われる。

では、デュマが叙述方法において対比させた歴史学と歴史小説（文学）の根本的な違いはどこにあるのだろうか？[18]　もっとも大きな違いはひと言で言うと「真実」についての欲望の違いではないか。唯一絶対の真実を希求する科学としての実証主義歴史学だけではなく、歴史学そのものが「真実」の探求に意識的である。それは歴史学の「真実」を否定する「言語論的転回」や「社会構築主義」を支持する立場であっても、否定しなければならない「真実」に、その意識はすっかり囚われているからだ。歴史学者が「真実」の問題にいかに囚われているか、その例を歴史学の「暫定的真実」を主張する現在の歴史学のリーダーであるリン・ハントに見てみよう。

彼女の立場は「歴史学は科学ではなく」、「科学的手法を用いる文学的な技芸である」というものだ。[19]また、歴史学の「根本的な目的は、本当の物語を語ることにある」と述べている。[20]「本当の物語」とは、「真実」、つまり「歴史的事実」を史料の分析を通して、また解釈によって明らかにすることである。ただし、この「解釈」は多様であり、解釈の数だけ物語があるので、「真実」もまた多様である。彼女は、「歴史家は常に個人史や社会的文脈によって規定される観点から歴史を記述しているので、その叙述が完全に客観的だと主張することはできない」[21]とも述べていて、

「真実」が変更される可能性も示唆している。しかし、新たな史料の発掘や、より論理的で説得力のある「解釈」によって、「真実」が変更される可能性があるゆえに、彼女は自分の立場を「暫定的真実」の信奉者と規定している。ここで重要なのは、「真実」が暫定的であろうと、「真実」の存在を疑うことがない点だ。こうした「真実」への欲望、「真実」への意識は歴史家に共通しているものだと考えられる。

一方、歴史小説の作者はこの「真実」についての意識がまったくないとまでは言い切れないが、稀薄であると思われる。歴史小説の目的は「真実」を見出すことにあるとは考えられないからだ。歴史小説が求めるのは、真実ではなく、現実、剝き出しの「現実」、レアルな世界ではないか。レアリスム文学は、したがって、歴史に近づき、歴史を解釈しようとしたものであるだろう。「真実」への意識が両者を分ける境界線であるにしても、この境界線が曖昧になり、緊張を孕んだ接近が見られるのが現在の状況と言えるだろう。(22) では、トマの『王妃に別れをつげて』において、こうした接近は見られるのだろうか？　ここではトマの小説技法を見ながら考えてみよう。

Ⅳ　トマの手法

彼女の関心は歴史学や伝記ではなく、あくまでも歴史小説である。とくに小説と言う形式が重要である。その理由は、小説は自由であるからだ。歴史小説は歴史的事実に拘束はされるが、その間隙は想像力を自由に膨らませ、自由に描くことができる。その自由さ、トマが求めるのはエクリチュールの自由である。では彼女は物語をどのように描くのだろうか。
トマの手法で重要なのは、『王妃に別れをつげて』は史料にきわめて忠実に基づいている点だ。彼女は講演で物語を紡ぐ原史料について触れている。

私の本は織ったり、編んだりする作業や真実と虚偽の間の微妙な戯れの結果生まれたものです。この小説のために、私は数多くの回想録を用いました。例えば、『アレクサンドル・ド・ティリーの回想録』、『カンパン夫人の回想録』、『リーニュ皇太子の回想録』、『ド・ラ・トゥール・ドュ・パン夫人の回想録』、『ド・トゥルゼル夫人の回想録』、『ボワーニュ伯爵夫人の回想録』、『ボンベル侯爵の回想録』、『ジャコブ＝ニコラ・モローの回想録』、『ド・ジャンリス夫人の回想録』などです。また当時の新聞である、『ガゼット・ダムステルダム』や『ガゼット・ド・フランス』も利用しました。

トマは小説を書く以前は、研究者として十八世紀のさまざまなテクストを読み、知識と感性を磨いてきた。サドやカサノヴァのテクストだけでなく、彼女の関心の中心は十八世紀フランスにあるにしても、十九世紀のレアリスム小説にも造詣が深く、文学テクストについての膨大な知識が『王妃に別れをつげて』の背後にある。とりわけリヨンの共同研究で、さまざまな「回想録」

や「新聞」を読んで研究者同士で議論した経験から、知の蓄積と議論に支えられた内的思考が生かされている。物語の登場人物はほぼすべて実在した人物で、歴史上の人物たちが、トマの知によって、生命を与えられたと言える。

そして知識の間隙を埋めるのは想像力だ。「回想録」や「新聞」は当時の事実を提供してくれるが、事実の空隙は作者が創造するしかない。したがって物語には作者が強く関与する。作者の思考、経験、個人的趣味などによって隙間が叙述されていく。(23) その際に用いられた手法をここでは見ていこう。

物語は「私の名はアガート＝シドニー・ラボルドです」と朗読役が現在形で語るところから始まる。それに続いて、彼女が住むウィーンのアパルトマンの窓から目にする街並みが現在形で描かれる。「香辛料の店」があり、「にぎやかな場所だが、騒々しすぎることはない」と紹介した後で、「気候のいい季節には、オリエントの香りに混じっていつでも音楽が聞こえてくる」と語り、視覚だけでなく、嗅覚や聴覚にも訴えて、読者を物語の時間に引き込んでいる。われわれ読者は一八一〇年二月十二日の冬のウィーンで、ナポレオンの残虐行為の噂を耳にしながら、ラボルドが生きたヴェルサイユ宮殿にタイムスリップすることになる。そこで重要なのは、「今ここ」を描くとともに五感に訴える感性を刺激するエクリチュールである。そこには、十八世紀のヴェルサイユ宮殿の現実を五感に訴えながら蘇らせることで、現在の読者の常識を覆そうとする意図があるのかもしれない。たとえばヴェルサイユ宮殿の臭いだ。

悪臭の描写には事欠かない。「暑い季節になると、室内のいたるところに悪臭が充満した。『室内用便器からの、しごく自然な法悦の現象です』と、気を失いそうになった訪問者は説明を受けた」。悪臭が現実の臭いとして感じられるのが、動物園の守衛であり、「およそ想像できる限りもっとも臭い人間」であるラロッシュ大尉の体臭だ。その臭いをシャンタルは、「雄山羊の大群のように、泥まみれになった雌豚の山のように、泥を浴びる猪のように、大尉は臭かった」と具体的に悪臭を描き出している。その一方で、王妃の身体が放つ芳香について、ラボルドは「吸い込むのも畏れ多い甘美な香り」と言い、その香りが「ジャスミンの花の香油の香り」であることを明らかにして、その香りを読者が実感できるように語っている。

また音については、プティ・トリアノンで自然が奏でる「水音や葦のざわめき」の音楽や「洗濯部屋のレース編み女や縫い子、糸紡ぎ女やアイロンかけの女たちが働きながら歌う声」と読者の耳に届くように描かれている。あるいは七月十六日にラボルドがヴェルサイユ宮殿で初めて体験した沈黙を、日常的に耳にする「衛兵の交代、教会の鐘の音、絶え間ない動物の吠え声や馬のいななき、馬車の走る音、命令を叫ぶ声、夕方や夜に聞こえる大声、あちこちで演奏される音楽、そして、無限に往復を繰り返す召使の床を歩く足音」「昼夜を問わず繰り返される工事の音」と音を描くことで、逆により深い沈黙を感じさせている。

さらに味覚となると圧巻だ。大膳部でラボルドが口にする「王の食卓の余り物」は、「鶉とニュー・ファンドランド沖でとれた鱈」、デザートは「果物の砂糖漬けやシロップ煮、アイスクリームやヌガティーヌはもちろんのこと、全部で百種類以上もあった」と具体的に、数字を挙げて描かれている。それに対して、翌朝の食事は「えがらっぽいスープ」と「なかなか呑み込めない硬いパン」であり、七月十五日になって事態が急変したことが料理によって描写されている。しかし、混乱のなかでも王は食事をとる。「深紅の牛肉、雌鶏肉添え米のスープ、トルコ風野禽獣肉のミンチ、水雉、エイの肝臓、羊の睾丸のフリカッセ、［…］」、この後も料理の名前が延々と続く。食べるのは王であり、われわれはそれを見ることしかできないのでその味はわからない。しかし、延々と描写が続く料理名と王の食事の様子は、読者を王の食事の場に誘い、そのスペクタクルに参加させ、その味を想像させる効果をもつだろう。

触角の効果もトマは描くのを忘れない。王妃が「衣装見本帳」に見入り、「絹やビロード、ひだ飾りのついた布地、ご自分のために発明された夢のような織物に対する飽くなき願望を、視覚だけでは満たせないとでもいうように、見本を指で撫ぜてみたり、ご自分の肌の上で香りを嗅いでみたりなさった」という描写は、繊維の感触が伝わるようだ。

しかしながら、五感のなかでもっとも読者の感性に強く働きかけるのはやはり視覚であろう。小説は言葉によって読者の視覚に訴え、イメージを映像化するからだ。映像化するためには色の描写は不可欠である。トマはこの色彩描写をうまく用いて、読者の視覚に鮮やかな色を焼きつけるが、その手法は知的でもある。ガブリエルのドレスの色について、王妃とガブリエルの会話を見てみよう。

[…]王妃ほど布地に対する情熱はなかったにせよ、彼女［ガブリエル］もファッションの話は好きだった。王妃の方は、軽薄な言葉遊びに夢中になった。

「私のドレスの色はアーモンド・グリーンかしら？　それとも竹の子の緑、ひすいの緑、若いワニの緑色？」

「あら、それは違いますよ」と王妃は笑った。「若いワニはそんな緑色ではないわ、ほうれん草の緑色でも、けばけばしい緑色でもなく……」

「……ねたみのグリーンは、醜い緑色ですね」

「卑劣な色」

「率直でない色」

「それは、あなたの心を横切ることなどない感情ですわ。だから、あなたに会うことが、わたくしにとってはとても大切なのです」（王妃は、ガブリエルの方にさらに身体をよせて、えくぼが刻まれた彼女の頰を軽く撫でた）（一九一頁）

王妃のいちばん好きな色であるグリーンのドレスを纏ったガブリエルが、ここでは王太子の喪が明けずに黒一色に囲まれた王妃と対比することで鮮やかな色彩が描かれている。その色について、「色があるとは、なんとすてきなことなのでしょう！　神には色のない世界を創造することもできたでしょうに」と王妃は語るが、色彩を通して読者の視覚に訴える手法は物語のあちこちに散見される。

また、トマは登場人物の内面に立ち入らず、断定を避ける表現を用いている。すでに述べたように、語り手の「私」はラボルドであり、それはトマ自身でもある。内面をラボルドの目線で客観的に描写することは、事実をありのままに伝えようとする態度である。おまけに、テクストには断定を避ける表現が多用されている。「黙説」や「中断」表現あるいは「ためらい」のレトリックが多用されている。たとえば次のような表現に見られる。「ポリニャック侯爵夫人のお辞儀は、入ってきたときほど軽快でなくなっていたように見えたが、気のせいだったかもしれない……」。では、このようなエクリチュールはいったいどこから来たのだろうか?

トマがよく口にするのはバルトとの出会い、バルトから学んだ大きさである。そのなかでも彼女が学んだもっとも重要な点が「エクリチュールの自由」だと思われる。これまで見てきたように『王妃に別れをつげて』のなかで描かれるヴェルサイユの風景、色彩、臭い、食事、さまざまな音、手触りなど、また歴史上実在した人物たちの性格、会話など、史料は自由に彼女のエクリチュールのなかで輝き、踊っているからだ。

また、「カフェ・ヴィーヴル」を始めとするエッセーには、彼女の自由なエクリチュールがよく表れている。日本に滞在中に感じたことを書き留めていたノートが、まるでバルトの『表徴の帝国』のように帰国後にエッセーとして練り直されている。

したがって、トマが提示するマリー゠アントワネット像は開かれたままである。開かれたマリー゠アントワネット像は、マリー゠アントワネット像を描くのは読者であるということだ。その判断条件がこの作品にはよく描かれている。距離を保ったマリー゠アントワネットへの眼差し。ラボルドの眼差し（トマの眼差し）から読者の眼差しへ委ねられる。当然のことながら普遍的マリー゠アントワネット像はなく、マリー゠アントワネット像を描くのはわれわれ読者なのだ。この作品はわれわれ読者にこうした問題提起も行っているだろう。

おわりに

われわれは歴史小説についてのトマの考え、また彼女の叙述方法を見てきたが、最後に歴史小説を読者の側からの視点で考えてみることにしよう。歴史小説というジャンルは、過去の遺物ではなく、今なお多くの読者を魅了する、生きているジャンルである。とは言っても歴史小説すべてが魅力的であるわけではない。また、その魅力は読者によっても必ずしも同じものではない。ここでは、こうしたことを踏まえて、歴史小説の魅力は読者にとってどこにあるのかを考えてみたい。

歴史小説の魅力は、われわれ読者が歴史的出来事の目撃者になることだ。出来事が読者の目の前で展開されているように思え、われわれも物語の歴史的時間のなかで生きることになる。目撃者になるとはいえ、「トマの手法」で見たように、われわれが感じるのは視覚だけではなく、さまざまな感覚を通して物語の時間を感じることになる。読者は物語の内部に入り込み、ハラハラドキドキしながら物語の時間を生きることになるが、そこには読者の個人的な人生の経験が作用する。したがって、魅力的な歴史小説は読者の内面を引き寄せ、沈潜させ、ときには読者を突き放す物語であるだろう。読後には、読者はタイムスリップした歴史的時間から現実に戻り、夢想の体験を自分のものとすることができる。歴史的知識を作者と共有するとともに、物語の時間を自分の時間として刻み付けるのである。

それゆえに、読書時間は歴史的時間への参加であり、読者は自分の内面、自分の世界を物語のなかに持ち込んで歴史を体験する。それ以外の方法はありえないだろう。したがって、ここにはレクチュール（読書）の自由がある。歴史小説の読書体験を通して、その作品を評価するのはあくまで読者である。判断をする主体は読者しかないのである。

それでは、『王妃に別れをつげて』をあなたはどのように評価するだろうか？

追記

二〇二二年六月九日にアカデミー・フランセーズの「剣を授ける委員会」は、シャンタル・トマに剣の代わりに日本の扇を手渡した。シャンタル自身が剣を嫌い、日本の扇を望んだからである。彼女は、翌週の六月十六日に前任者のジャン・ドルメッソンの追悼演説を行い、正式にアカデミーの会員になった。在外研究でリヨンにいてパリに駆け付けた筆者は、一連のセレモニーに参加して、サド研究者がアカデミーに迎え入れられたことに深い感慨を覚えた。

註

（1）朗読役補佐ラボルドという姓はトマが見つけた実在の人物である。ただし、アガート＝シドニーという名は自分の創造によるとトマは述べている。

（2）フランソワ・フュレ／モナ・オズーフ編『フランス革命事典　2』みすず書房、一九九八年、二〇六頁。

（3）ジュール・ミシュレ『フランス革命史（上）』中央公論新社、二〇〇六年、九三－九四頁。

（4）プルチネッラは、イタリアの伝統的な風刺劇コメディア・デラルテに登場する道化師で、高い鼻をしている。

（5）Chantal Thomas, *Les Adieux à la Reine*, Seuil, 2002. 邦訳は、シャンタル・トマ『王妃に別れをつげて』飛幡祐規訳、白水社、二〇〇四年。本書からの引用は邦訳のページだけを付す。また、翻訳があるものについては、いちいち断らないが、訳を変更した箇所がある。

（6）詳細は以下を参照のこと。関谷一彦『リベルタン文学とフランス革命』関西学院大学出版会、二〇一九年の第6章「政治的中傷パンフレット」。

（7）リン・ハントは「ポルノグラフィ」という語を使って、当時のリベルタン文学や猥褻文書とフランス革命の結びつきについて分析している。Lynn Hunt, *The Invention of pornography: obscenity and the origins of modernity, 1500-1800*, edited by Lynn Hunt, Zone Books, 1993. 邦訳、リン・ハント『ポルノグラフィの発明――猥褻と近代の起源、一五〇〇年から一八〇〇年へ』正岡和恵・末廣幹・吉原ゆかり訳、ありな書房、二〇〇二年、とりわけ第9章「ポルノグラフィとフランス革命」を参照のこと。また、Robert Darnton, *The Literary Underground of the Old Regime*, Harvard University Press, 1982. 邦訳、ロバート・ダーントン『革命前夜の地下出版』関根素子・二宮宏之訳、岩波書店、二〇〇〇年の「第1章　革命前夜の政治と文学」も参照のこと。

（8）この講演は、「歴史小説に関する考察」という題目で、二〇〇八年十二月十九日、関西学院大学で行われた。

（9）トマはマリー＝アントワネットの「歩き方」についてはさまざまな箇所で触れている。その「歩き方」は公式のものと私的なものに二分されるが、ガブリエルに見捨てられた王妃の「歩き方」はそのどちらにも属さず、トマは「歩き方」によって王妃の内面を描写しようとしている。Chantal Thomas, *La reine scélérate, Marie-Antoinette dans les pamphlets*, Éditions de Seuil, 1989, p. 14 および『王妃に別れをつげて』二一八頁を参照のこと。

（10）Louis Aragon, *La semaine sainte*, Gallimard, 1958. 邦訳、ルイ・アラゴン『聖週間』上・下、小島輝正訳、平凡社、

一九六三年。

(11) Pierre Rétat, *Le Dernier Règne*, Fayard, 1995.

(12) Marguerite Yourcenar, *Mémoires d'Hadrien*, suivi de Carnets de notes de *Mémoires d'Hadrien*, Paris, Gallimard, Folio 921, 1998, p. 330. 邦訳、マルグリット・ユルスナール『ハドリアヌス帝の回想』多田智満子訳、白水社、二〇〇一年、三三二頁。

(13) *Ibid.*, p. 342. 邦訳、三三三頁。

(14) Patrick Rambaud, *La Bataille*, Grasset, 1997, p. 294.

(15) パトリック・ジュースキント『香水　ある人殺しの物語』池内紀訳、文芸春秋、一九八八年。

(16) Roland Barthes, *Roland Barthes par Roland Barthes*, Seuil, 1975. 邦訳、ロラン・バルト『彼自身によるロラン・バルト』佐藤信夫訳、みすず書房、一九七九年、一八二頁。

(17) Marguerite Yourcenar, *op. cit.*, pp. 330-331. 邦訳、三二二―三二三頁。

(18) 歴史学と文学との関係を詳説しているのは、小倉孝誠『歴史をどう語るか　近現代フランス、文学と歴史学の対話』法政大学出版局、二〇二一年である。本書は、文学と歴史学の境界線を認めながらも、その関係に豊かで相互に刺激的な可能性を見出している。また、イヴァン・ジャブロンカも「社会科学と文学が出会うことを受け入れたとき、両者の潜在的可能性を探ることになる」と述べて、これまでの二分法を批判して新たな可能性を提示している。Ivan Jablonka, *L'histoire est une littérature contemporaine*, Éditions du Seuil, 2014, p.18. 邦訳、イヴァン・ジャブロンカ『歴史は現在文学である』真野倫平訳、名古屋大学出版会、二〇一八年、一一頁。

(19) リン・ハント『なぜ歴史を学ぶのか』長谷川貴彦訳、岩波書店、二〇一九年、三四頁。

(20) *Ibid.*　強調は筆者。

(21) *Ibid.*, p. 36.

(22) 小倉は最新の研究動向を踏まえて、この状況を丁寧に説明している。小倉、前掲書、とりわけ第8章と第9章を参照のこと。

(23) これは歴史学、さらには社会科学全般にとっても同じことが言えるであろう。「真実」の記述には自らのエクリチュールがあり、その論理のなかには自らの歴史が含まれている。

〈シンポジウム講演より〉

終章　「フランス革命と文学」瞥見

エリック・アヴォカ（小野潮・三浦信孝 訳）

私にここで与えられている任務は、明日六名のすぐれた専門家たちが報告する一連の文学作品の研究への導入を行うことである。取り上げられる六作品の美学上のオプションの幅広さ、イデオロギー的な多様性、出版時期の分散は、扱われているフランス革命という主題の複雑さと、それが長期にわたって引き起こした反響の広がりを反映している。

私の導入は、革命期を生きたスタール夫人から現代のシャンタル・トマに至るまで「作家たちのフランス革命」のパノラマを提示する。ここに集められた研究によって、私たちは十九世紀の三人の大作家、シャトーブリアン、バルザック、ユゴーを中継点として、よく用いられる表現に従えば「あまたの革命に彩られた世紀[1]」を縦断することになる。続く二十世紀には、共和国はかつてのように理念として掲げられるだけでなく、長期間続くものの脆弱な面も合わせ持つ政治的現実になっていた。世紀転換期にドレフュス事件をくぐった第三共和政後期のフランス革命像は、まずアナトール・フランスによって描かれ、断続的にせよ長期にわたって創作された連作劇であるロマン・ロランの『フランス革命劇』によって道標を与えられる。この最後の作品については、全体への導入を述べた後で、私自身から紹介させていただき（本書第七章）、革命についての長大なギャラリーにおいて演劇が果たした無視できない役割を検討すると同時に、この論集の他の論者が紹介する革命を扱う作品ジャンルの多様性を補うものとしたい。明日提示される研究によって、スタール夫人がどのようにして習俗小説を時代の趣味に適合させ、社会を動かすいくつかの大問題へと小説を開いたかを読者はご覧になるだろう。またシャトーブリアンが、新しい時代が旧時代に浴びせる数々の侮辱に対する避難場所とするために、回想録のエクリチュールを革新するのをご覧になるだろう。シャトーブリアンの回想録が成し遂げたのは、伝統的に回想録というジャンルに結びつけられていた貴族に固有の伝統的な資質を、それが機能しなくなった旧秩序から、ペンによる新しい高貴さによる卓越性へと変換することであった。

最後に、今回扱われる作品群のなかでは歴史小説が大きな地位を占めるとはいえ、歴史小説という呼び名は多様な変種を含むことが理解されるだろう。バルザックの『暗黒事件』は、探偵小説のようなサスペンス、国家機密が絡むサスペンスを、一八〇三年から〇六年のあいだの、シャンパーニュ地方の片隅の平安を乱す三面記事のような事件を素材として紡ぎ出している。ユゴーの『九十三年』は、ヴァンデとブルターニュの内戦の叙事詩的素材を用いて、家族を引き裂き、政治的連合を蝕む社会的対立と悲劇的ジレンマとを交差させて描き出す。アナトール・フランスの

『神々は渇く』は恐怖政治の心性と論理の抵抗しがたい進展を、恐怖政治の震央である革命裁判所を起点として跡付けている。

今回取り上げられる作品群は、革命の歴史に間近で関わったある作家が、すでに一七九七年に発していた文学形式の革新への呼びかけへの応答となっている。その作家とはルイ゠セバスティアン・メルシエ（一七四〇―一八一四）で、メルシエは彼の後の時代にやってきて、彼自身は当然断片の形でしか残しえなかった証言と省察を発展させてくれる人々に向けて、自分が書いた文章や記録を集めた著作『ヌーヴォー・パリ』[2]（一七九八）の序文で次のように書いている。

おそらく、これほど多様な対照を描き出すためには、タキトゥス[3]のような歴史家、あるいはシェイクスピアのような詩人が必要だろう。

もし私が生きているあいだに、このタキトゥス、このシェイクスピアが出現したとするならば、私は彼にこう言おう。君自身の新しい言葉を作りたまえ。というのも、君が描かなければならないのは、かつて一度も見られた例のないもの、同時に二つの極、残酷さと偉大さという二つの極に到達する人間なのだから。

そしてメルシエはさらに私たちに向かって付け加える。

私たちに君を翻訳させることを強いてくれ。私たちに君を読む喜びをではなく、君を読む苦しみを課してくれ。

この言葉にはもちろん若干の修正が必要である。今日、そして明日、私たちがなそうとするのは、革命のさまざまの文学表象を「翻訳する」ことだが、その作業は間違いなく、今も変わらず生命力を持ち続ける重要な諸問題に照明を与えるという「喜び」をもってなされるだろう。それらアクチュアルな問題へのアプローチは、取り上げられる諸作品が持つ三重の機能によってなされる。

第一の機能は「神話的」あるいは「象徴的」機能である。この機能は、偉大な文学作品や劇作品が作り出す社会的紐帯のうちに存する。この機能が発揮されるのは、作品が、扱われる出来事についてのもっとも強く人々を動かし、もっとも強く人々を連帯させるヴィジョンを、集合的記憶のうちに定着させ、その結果、行動し運命をともにする共同体、すなわち国民、共和国、革命運動の一体性を強化するときである。それこそは、「革命伝説」(légende という語がそもそもラテン語 legere において持つ意味、すなわち革命について「読まれるべきもの」という意味での伝説)が有する力の主要な源泉のひとつである。「暗黒伝説」であれ「黄金伝説」であれ、それは今日「国民の物語(récit national)」と呼ばれるものの練り上げに貢献する。もっとも、文学的表象につきものの繊細さと両義性は、「国民の物語」につきもののドグマ的な硬直性とはしばしば調和しない。

第二の機能は「討議的」機能である。これは問題になるそれぞれの作品が政治に関与する関わり方に関係する。どの作品も、革命についての「言説」を運んでおり、出来事についての解釈と評価を担っている。しかし、それらの作品は解釈の多様性を受け入れるのであり、それらの作品の存在理由、それらに固有の利点とは、イデオロギー的ドグマから解放されて、互いに矛盾する諸々の判断を互いに「討議」状態に置くことである。歴史文学はしたがって、今日の政治言語が「民主主義的討議」と呼ぶものにとって、重要な対話相手であることになる。

最後の第三の機能は「批判的」あるいは「認識論的」機能である。作家たちは、自分が生み出す文学表象を、特定の歴史記述《ヒストリオグラフィー》の枠組みのなかで作り出す。作家は自分の時代の知識の状態、用いることのできる史資料、方法論的パラダイム、そして知的論争の枠組みを逃れられない。フィクションの創造、エクリチュールにおける革新が歴史科学の諸概念、諸主題によって養われることもあるし、逆に歴史文学が歴史科学に新たな発見をうながす素材をもたらすこともある。

試みに、ここに述べた三つの機能との関係で、今回取り上げられるそれぞれの作品に若干の照明を与えてみよう。

一、シャンタル・トマ『王妃に別れをつげて』（二〇〇二）

十八世紀研究の専門家で作家のシャンタル・トマの例は、想像力と歴史研究の相互作用を象徴している。彼女の小説『王妃に別れをつげて』は、トマの博士論文を下敷きにし、マリー＝アントワネットを攻撃する数多くのパンフレットを分析した学術的著作『悪辣な王妃』（一九八九）を裏返したものになっている。裏返したものと言うより、この小説こそ「表」と言うほうがいいかもしれない。というのも、トマは『悪辣な王妃』で歴史的人物を二重の意味でネガティヴ（否定的・陰画的）な仕方で科学的に追求した後に、『王妃に別れをつげて』では、想像力という手段を歴史的人物のポジティヴ（肯定的）な認識のために用いたと説明しているからだ。それでも、マリー＝アントワネットという人物を対象とする歴史的真実の探求は、初動の推進力に過ぎず、その段階はたちまちのうちに乗り越えられ、史実の探求が最終的な地平に達することは決してない。この発端の初動と最終的な地平のあいだで文学的企図は展開されるが、その文学的企図が生命力を持つのは、それが未完のものであるがゆえに他ならない。この場合、マリー＝アントワネットは、すでに消滅してしまったヴェルサイユというひとつの世界を再構成するための口実となっている。著者がその全体的な姿で抱懐しようと努めるのは、このヴェルサイユという別世界であり、その世界には宮廷生活を成り立たせていた、目に見えず忘れ去られてしまった補助者的存在たちも含まれる。

エクリチュールの自由は、歴史的知の余白と欠落部分のなかで、一七八九年七月十四日の夜明けに始まる三日間を対象として展開され、ヴェルサイユは「記憶の場所ではない場所」という地位に追いやられる。トマはヴェルサイユのうちに、宮廷をそれまで支配していた不変の「規則」を解体する内発性の力を暴き出す。その力はどんどん加速するが、現実の革命の進行とはまったく関係を切り離された崩壊へと導く。「私が語るのは、どこにも行き着かない、とりわけこの不吉な十九世紀には行き着くことのない昔の時間なのです」と、プロローグの結びで語り手は予告する。歴史小説としては奇妙なこの素材は、外界と切り離された時間の外の世界であり、ディストピアへと転換するユートピアであり、おそらく語り手の意識が生み出す幻影と混じりあっているのである。

二、シャトーブリアン『墓の彼方からの回想』(一八四九―五〇)

語り手の声の主観性のフィルターは、消滅してしまった世界の消された痕跡を再構成するために、エクリチュールの考古学的活用と組み合わされる。『墓の彼方からの回想』における多様な様式を動員する試みを特徴づけるのも、やはりこうした姿勢である。(4) 私たちは、社会の互いに相反的な二つの極のあいだの調和から浮かび上がるアイロニーを感じ取ることができる。(5) 相反する二つの極とは、王妃の朗読係が見せる極めて謙虚な姿勢と、名誉に満たされた貴族の誇り高い姿勢であり、アイロニーと言うのは、これら二つの声が、共に歴史の敗者によって発せられた声だからである。(6)

シャトーブリアンにとって『墓の彼方からの回想』を書くことは、旧体制と新時代を分かつ「血の河」(7)をふたつの方向で乗り越えることを可能にする手段だった。それが明確に現われるのは、この回想が描き出す情景のうちでもっとも心を捉えるある情景、一八一五年に王家の墓所であるサン=ドニ大聖堂への移葬のために行われたルイ十六世夫妻の遺骸の掘り出しの情景である。回想録作者はマリー＝アントワネットの遺骨を、その骸骨が示す微笑みの形を見て見分けることができたと報告している。その形が、その時点ではるかに昔となってしまった革命以前、シャトーブリアンが青年時代、国王に拝謁したときに、王妃が示した優雅な微笑みと二重写しになったというのである。(8) したがって、革命の断頭台の下に流された「血の河」の上には、スフィンクスの謎の微笑みが漂っている。フランス革命は神話の星座で飾られている。

三、スタール夫人『デルフィーヌ』(一八〇二)

シャトーブリアンと同世代であるスタール夫人は、さらにはっきりと諸要素を組み合わせて整理された政治的省察のために小説形式を用いているが、この政治的省察を語るために、私はモナ・オズーフがその著書『小説の告白』(*Les aveux du roman*, Gallimard, 2004) で明らかにした主題系を出発点にしたい。すなわち「個人の小さな生活にまで大事件の影響が下ってくる」(同書 Fayard 版, 2001, p. 18) という事態である。この表現は、道徳的・感情的主調音を持った筋を、革命初期の三年間を背景に展開する『デルフィーヌ』の構成を表すのに適している。

女主人公のデルフィーヌとその恋人レオンス・ド・モンドヴィルの関係をめぐるできごとと、時代の大きな政治的動きという二系列のできごとの相互作用によって、二人の恋は最終的に結婚という形で成就するかに見えたが、それは革命による変革がもたらした天恵ともいえる結果である。「修道誓願」の廃止がふたりの結びつきの主たる障害を取り除いてくれ、(9) 修道会と身分制社会の解体によって二人の結婚に、より好意的な道徳的雰囲気が生まれていた。ところが、特権が廃止されただけでは偏見がなくなるのに十分ではなく、偏見がカップルの自由と、社会の眼から見たパートナー間の平等の実現の足枷となる。小説の筋の運びは、政治的革命及び法制の改革に比して、心性《マンタリテ》の発展が遅れていることを浮き彫りにする。こうして、文学は革命によって提起された根本的政治問題のひとつに取り組み、それを先取りしている。

四、バルザック『暗黒事件』(一八四三)

これはまさしく現代的な響きをもつタイトルである。このタイトルは、国家の行政機関を犯罪目的のために悪用することに由来する政治スキャンダルを意味するからである。ここで語られているのは「バルブーズ的事件[10]」である(この表現は時代錯誤ではあるが、この場合この語の使用は奇妙にも正当化されると私には思われる)。そこではジョゼフ・フーシェに率いられる警察が、その首領フーシェの怪しげな利害のために、まず一八〇三年に、次に一八〇六年に動員される。フーシェは自らのボナパルトと共和派と王党派に対する三重の工作の痕跡を消し去ろうとして、秘密裏に元老院議員マラン・ド・ゴンドルヴィルの所有地を接収させる。ところがゴンドルヴィルはゴンドルヴィルで同様の秘密の計画に基づき、一八〇〇年のマレンゴの勝利前の第一統領に対する陰謀をたくらんでいた。数年後、元老院議員の謎に満ちた誘拐は、誤って、革命によって国有財産として没収された自分たちの領地をゴンドルヴィルに奪われた貴族階級の兄弟の仕業《しわざ》とされる。皇帝から恩赦を得るため、彼らは自分たちが巡らしていた陰謀を断念し、ナポレオンの大陸軍《グランダルメ》に加わらざるを得なくなる。この推理小説じみた筋書きのもと、リアリズムとロマン主義を混ぜ合わせたピトレスクな雰囲気のなかで、バルザックは私たちに、「歴史」が見せるさまざまな断絶と事故を越えて、ポスト革命期フランスの底に潜むいくつもの深い連続性を示してみせる。正統王朝派貴族を新体制に取り込み、[11]国有財産の売却による大量の不動産の所有権移動によって出現した新支配階級の忠誠を調達することによって、ナポレオン体制による社会支配は盤石なものになる。フーシェとマランによって体現される風見鶏的政治家たちは、体制が変わっても、それぞれの体制の沈まぬ柱であり続け、近代国家の横糸を織りなしていく。この小説は警察の捜査と社会学的調査が交差する位置に置かれ、リュック・ボルタンスキがそのエッセー『謎と陰謀』（*Enigmes et complots, Une enquête à propos d'enquêtes*, Gallimard, 2012）で提案する社会科学の系譜学に近い展望を見せている。

五、アナトール・フランス『神々は渇く』（一九一二）

現代的な響きはアナトール・フランスにおいても聞き届けられる。『神々は渇く』が見せてくれるのは革命期の政治的狂信《ファナティズム》の解剖であり、その政治的狂信は、革命裁判所の陪審員に任命され、迅速な簡易裁判の熱心な補助員となる青年画家の「過激化《ラディカリザシオン》」の過程によって例証される。当初、カトリックの異端審問を描く中編小説のために構想されたこの主人公の起源と、アステカ王国の征服の際のスペイン人司祭たちのものとされる言葉から借りられたタイトルによって、恐怖政治の狂信は宗教的狂信と結びつけられる。

この小説のアイディアは、それまで彼が親しかった急進社会党と社会党の友人たちと作家との関係を不安定なものにする。(12) アナトール・フランスは革命によって獲得された成果に愛着を示すと同時に、それを獲得するために犯された暴力と分裂を容認しない。彼は、ロベスピエールが「革命抜きの革命」を望んでいるとして嘲った人々のグループに属すのだろうか。彼にとって重要なのは、十八世紀の開明的貴族とブルジョアジーに特有の生活習慣を保存することであり、この小説はそうした生活習慣が失われたことを物憂げに悼み、かつ啓蒙の進歩思想を改めて共和国に結びつけようとする。

認識論的次元においては、アナトール・フランスは史資料とはかなり距離を置いた関係を保っている。父親が経営していたフランス革命資料を扱う古書店で日常的に古書や革命資料に浸っていたため、彼は、歴史家ミシュレに見られるような、古文書のなかに埋もれた宝へのフェティシズムを抱くことはなかった。アナトール・フランスは、史資料の中から過去の埋もれた世界が魔法のように甦ってくると考えるような降霊術とは縁がなかった。実証主義的方法を尊重していたこの作家は、史実には皮肉な距離を取りながら、「九十三年の人間たちは、ごくありきたりの人間たちだった」と断言している。

六、ヴィクトール・ユゴー『九十三年』（一八七四）

このようなアナトール・フランスの素っ気ない事実確認は、ユゴーがふんだんに示す雄渾な叙事詩的誇張と好対照をなす。それには、作品が書かれたときの時代状況が関係している。ユゴーにとって、そのような美学的選択は、『九十三年』の執筆時期直前のパリ・コミューン[13]から受けたトラウマの克服を可能にする。トラウマの克服は、過去の悲劇的な重みと、英雄的な戦いの炎の中で過去の重みから自らを引き抜く叙事詩的エネルギーと、人類の共和主義的再生への叙情的約束との融合のなかに、コミューンのトラウマを昇華することによってなされる。

しかし、私としてはむしろ、ここでユゴーの小説創造のより現代的な面に照明を与えたいと思う。ユゴーはこの小説において、歴史的フィクションの約束事と史資料の欠落と戯れている。たとえば、小説の虚構の登場人物シムールダンが、ダントン、マラー、ロベスピエールという三人の歴史上の人物と相対するとき、ユゴーは、歴史的知の不完全さを前にして、小説という認識手段により架空の人物を創造する特権を自らに与えている。ユゴー曰く、「今日では誰も彼の名前を忘れてしまっている。歴史にはこうした知られざる恐るべき人物が潜んでいる。」ここには、二〇〇九年にピエール・ミションがその小説『十一人』（*Les Onze*, Verdier, 2009）で展開した史実と虚構を入れ替える詐術に似た操作がある。ミションの『十一人』は、公安委員会の十一人を描いた架空の歴史画の生成を物語る小説で、ルーヴルにあるというその絵の存在はミシュレの手になるとされる偽の史資料の作成によって本物とされるのである。

結びに代えて——二〇一〇年代の開花

ミションの小説は、一般読者の好奇心と考証学的好奇心の新たな波を引き起こした。しかし、彼の小説に続いて、フランス革命をめぐる文学創造が再びどのように活性化しているかを示す時間のゆとりはない。ここでは、そうした現象のなかで演劇が果たしている重要な役割に手短に言及するだけにとどめよう。

近年、傾向の違うふたつの劇作品が大きな反響を呼んだ。ひとつは二〇〇九年と二〇一一年に舞台に掛けられた集団的創造である『私たちの恐怖政治』(*Notre terreur*)であり、もうひとつはジョエル・ポムラ作・演出による『サイラ、ルイの終焉』(*Ça ira, Fin de Louis*)で、こちらは二〇一五年以来上演が続いている。前者は一七九四年のダントンの処刑(四月三日)とロベスピエールの処刑(七月二十八日)を隔てる四か月間の公安委員会[14]の非公開討議に焦点をあてたものであり、後者は革命初期の四年間を対象にして、社会を揺るがす運動を代表する小宇宙であり、その共鳴箱である革命議会を舞台にしている。しかし、これらの作品には意味深い共通点がある。それは革命の雄弁家たちが行った演説を文字通りには取り上げず、完全に書き直して、それらの演説の実質とそれらが持つ討議精神に注意深く忠実であろうとし、同時にその演説の形式を現代化し、現代の政治言語に同化させようとしていることである。彼らのこのような姿勢は、これから私がお話しするロマン・ロランの『革命劇』からは遠く離れたものと言わなければならない。

訳註

（1）フランス革命を引き継ぐ十九世紀はあまたの革命に彩られた世紀であり、一八三〇年には七月革命、一八四八年には二月革命、一八七一年にはパリ・コミューンの騒擾があった。

（2）メルシエの『ヌーヴォー・パリ（新しいパリ）』は『タブロー・ド・パリ』の続編で、後者には『十八世紀パリ生活誌』上下（岩波文庫、一九八九年）の翻訳がある。

（3）タキトゥス（五三頃－一二〇頃）はローマ時代の歴史家で、『ゲルマニア』『年代記』などの著書で知られる。

（4）『墓の彼方からの回想』においては、通常の回想録でお馴染みの年配の著者による回顧的記述のみでなく、描かれる対象たる若かりし時代の著者が書いた手紙、著者が受け取った手紙、著者が外交官として書いた外交通信、著者が旅のあいだにつけていた旅日記、その旅に同行していた召使いが付けていた日記、さらには他者が書いた回想録など、さまざまな文体のさまざまな素材が動員されている。

（5）『王妃に別れをつげて』の語り手は、王妃マリー＝アントワネットの朗読係補佐のアガートという設定になっている。

（6）シャトーブリアンは、もともとブルターニュの由緒正しい貴族の家系に属すが、父親の代に彼の家はすでに零落しており、彼の父の一生の課題は自分の家をかつての貴族にふさわしい地位を回復した姿に戻すことであり、そのためにこの父は、私掠船の船員、船長、船主として築き上げた財産を、もともとは自分の家のものではなかった中世以来の由緒ある城であるコンブール城の購入に費やした。シャトーブリアンもまた、父とは違った道を通ってではあるが、その文学者としての、また政治家としての活動により、シャトーブリアン家の家名をあげることに貢献している。

（7）フランス革命のとくにジャコバン独裁期（一七九三－九四）には多くの人間が反革命容疑者として革命裁判所に引き立てられ、ギロチンにより処刑された。シャトーブリアンの兄も、その妻、また妻の一族とともに処刑された。

（8）シャトーブリアンは『回想』第五巻第八章で次のように書いている。「マリー＝アントワネットは微笑《ほほえ》みながらとてもはっきりとその口の形を見せてくれたので、一八一五年に王たちの遺骸を掘り起こした際に不運な王妃の頭部が発見されたとき、この微笑《ほほえみ》の記憶が（恐ろしいことだ！）私に王たちのこの娘をそれと見分けさせたのだった」

（9）修道士・修道女になるには「貞潔、清貧、従順」を誓う公的誓願が必要だったが、終生誓願は一生解除することができず、とくにそれを望まない女性を一生修道女の生活に無理に閉じこめるものとして批判の対象になっていた。革命政府はこの修道誓願の制度を信教の自由に反するものとして一七九〇年二月に廃止した。

（10）「バルブーズ」はアルジェリア戦争期の一九六一～六二年に、アルジェリアの独立に反対する右翼組織ＯＡＳと闘うために親ドゴール派が組織した秘密組織で、軍や警察も用いない非合法的手段さえ用いた。

（11）ナポレオンは、自分の体制を強化するために、革命期間中に作成された亡命者リストから多くの名前を削除し、自分が任命した帝国貴族と並んで、旧体制の貴族たちをも自分の宮廷に受け入れた。

（12）急進社会党の友人とは、一九〇五年に、反教権主義から一九〇五年の政教分離法を成立させたエミール・コンブ首相を、社会党の友人とは、一九〇五年にフランス社会党を結党したジャン・ジョレスを指す。

（13）パリ・コミューンは普仏戦争（一八七〇～七一）での敗北後、国防政府（ティエール首班）のプロイセンとの停戦交渉に反対してパリに成立した史上初の社会主義的革命政権。国防政府軍の包囲を受け、七一年五月二十一日からの市街戦「血の一週間」の末に鎮圧される。『九十三年』は一八七二～七三年に執筆された。

（14）ジャコバン独裁体制においては、国民公会内に設けられた複数の委員会の役割が重要で、なかでも公安委員会が独裁的権限を行使していた。

エリック・アヴォカ──第六章・終章執筆
1972年生まれ。エコール・ノルマル・シュペリウール卒業、古典文学教授資格取得、文学博士。京都大学講師を経て現在大阪大学特任准教授。論文に“La Révolution française des écrivains : Mercier, Hugo, Domecq, Michon, l'histoire écoutée aux portes de la légende”、「複数の道の交差点で歴史を書く：ジョレス、社会主義、フランス革命」など。

関谷一彦（せきたに・かずひこ）──第七章執筆
1954年生まれ。関西学院大学教授。著書に『リベルタン文学とフランス革命』（関西学院大学出版会）、共著書に *Lire Sade* (L'Harmattan)、*L'Invention de la catastrophe au XVIIIe siècle* (Droz)、『ポルノグラフィー』（平凡社）、訳書にマルキ・ド・サド『閨房哲学』、作者不詳『女哲学者テレーズ』（以上、人文書院）など。

編著者・執筆者略歴

［編著者略歴］

三浦信孝（みうら・のぶたか）――緒言・第五章執筆、第六章・終章翻訳

1945年生まれ。東京大学大学院人文科学研究科博士課程満期退学。中央大学名誉教授、日仏会館顧問。著書に『現代フランスを読む』（大修館書店）、編著に『近代日本と仏蘭西』（大修館書店）、『自由論の討議空間』（勁草書房）、『戦後思想の光と影』（風行社）、『フランス革命と明治維新』（白水社）など。

［執筆者略歴］

村田京子（むらた・きょうこ）――第一章執筆

1955年生まれ。京都大学大学院文学研究科博士課程満期退学。文学博士（パリ第7大学）。大阪府立大学名誉教授。著書に *Les métamorphoses du pacte diabolique dans l'œuvre de Balzac* (Klincksieck/OMUP)、『娼婦の肖像』『女がペンを執る時』『ロマン主義文学と絵画』（以上、新評論）、『イメージで読み解くフランス文学』（水声社）。

小野潮（おの・うしお）――第二章執筆、終章翻訳

1955年生まれ。中央大学教授。著書に『知っておきたいフランス文学』（明治書院）、『対訳 フランス語で読む「赤と黒」』（白水社）、訳書にトドロフ『バンジャマン・コンスタン』『越境者の思想』『異郷に生きる者』『ゴヤ 啓蒙の光の影で』（以上、法政大学出版局）、『屈服しない人々』『善のはかなさ』（以上、新評論）など。

柏木隆雄（かしわぎ・たかお）――第三章執筆

1944年生まれ。大阪大学、大手前大学名誉教授。著書に『バルザック詳説「人間喜劇」解読のすすめ』（水声社）、『こう読めば面白い！フランス流日本文学』（大阪大学出版会）、『交差するまなざし』（朝日出版社）、『対訳 フランス語で読む「カルメン」』（白水社）、訳書にバルザック『暗黒事件』『ソーの舞踏会』（以上、ちくま文庫）など。

西永良成（にしなが・よしなり）――第四章執筆

1944年生まれ。東京外国語大学名誉教授。著書に『評伝アルベール・カミュ』（白水社）、『「レ・ミゼラブル」の世界』（岩波新書）、『ヴィクトール・ユゴー　言葉と権力』（平凡社新書）、訳書にユゴー『レ・ミゼラブル』（平凡社ライブラリー）、クンデラ『存在の耐えられない軽さ』（河出書房新社）、『小説の技法』『冗談』（以上、岩波文庫）、『邂逅』（河出文庫）ほか多数。

作家たちのフランス革命

二〇二二年七月五日 印刷
二〇二二年七月二五日 発行

編著者 © 三浦信孝
村田京子
小野潮
柏木隆雄
著者 © 西永良成
エリック・アヴォカ
関谷一彦

発行者 及川直志
印刷所 株式会社 三陽社
発行所 株式会社 白水社

東京都千代田区神田小川町三の二四
電話 営業部〇三（三二九一）七八一一
編集部〇三（三二九一）七八二一
振替 〇〇一九〇 - 五 - 三三二二八
郵便番号 一〇一 - 〇〇五二
www.hakusuisha.co.jp

乱丁・落丁本は、送料小社負担にてお取り替えいたします。

誠製本株式会社

ISBN978-4-560-09445-7
Printed in Japan